KB078295

그레이트 원

FUSION FANTASTIC STORY

천중화 장편 소설

그레이트 원 7

천중화 장편 소설

초판 1쇄 찍은 날 § 2014년 8월 12일
초판 1쇄 펴낸 날 § 2014년 8월 20일

지은이 § 천중화
펴낸이 § 서경석

편집부장 § 권태완
편집책임 § 박은정

펴낸곳 § 도서출판 청어람
등록번호 § 제387-1999-000006호
등록일자 § 1999. 5. 31
어람번호 § 제1-1915호

주소 § 경기도 부천시 원미구 부일로 483번길 40 서경B/D 3F (우) 420-822
전화 § 032-656-4452   팩스 § 032-656-4453
http://www.chungeoram.com
E-mail § chungeorambook@daum.net

ISBN 979-11-316-9154-0 04810
ISBN 979-11-5681-955-4 (세트)

그레이트 원

FUSION FANTASTIC STORY

천중화 장편 소설

7

Great One

도서출판 청어람

CONTENTS

그레이트 원

Great One

1장

특수전여단

씨이잉— 쏴아아아!

살이 베일 듯한 강풍과 함께 차디찬 비가 쏟아졌다.

벌써 사흘째 계속되고 있었다.

겨울을 재촉하는 비였다.

살이 베일 듯한 바람이 불든 차가운 겨울비가 내리든 이곳에서는 어제처럼 오늘도 훈련이 계속됐다.

대한민국 해군 특수전여단 교육대.

"하나! 둘! 하나! 둘!"

삑삑!

힘찬 구령과 함께 호루라기 소리가 바닷가에 울려 퍼졌다.

다양한 숫자가 적힌 작업용 군모를 쓰고 웃통을 벗어젖힌 채 반바지와 군화를 신은 백여 명의 군인이 비바람을 뚫고 백사장을 뛰어갔다.

선두에는 '교관'이라고 새겨진 붉은 팔각모에 붉은 반팔 티셔츠와 얼룩무늬 바지를 걸친 늘씬한 삼십대 사내, 김용호 준위가 뛰었고, 좌측에는 김 준위와 똑같은 복장의 '조교' 열 명이 교육생들과 함께 줄을 맞춰 뛰고 있었다.

고등학교를 졸업하자마자 해병대에 지원해 군 생활을 시작한 해군 준위 김용호는 올해로 꼭 십오 년째 복무 중이었다.

해병 특수수색대에서 근무하다가 해군 특수전여단 UDT/SEAL에 지원해 UDT 교육을 받고 교육대에 조교로 발령받아 근무한 것이 만 삼 년.

UN 평화유지군으로 중동에 파병되어 근무한 것이 사 년.

귀대해서 UDT 교육대의 특수폭약 교관이 된 지 육 년이 넘었으니…….

특수전 경력만 쳐도 십삼 년이나 되는 베테랑이었다.

말 그대로 꽃다운 청춘을 조국에 받친 직업군인이었다.

십삼 년이 됐든 이십 년이 됐든 매일 아침 기상나팔 소리와 함께 이 바닷가를 뛰는 것은 변함이 없었다.

교육생을 받아 훈련시키고 훌륭한 UDT 대원으로 만들어 졸업시키는 것.

그것이 김용호 준위의 임무였다.

"나가자! 저 바다는 우리의 낙원… 이름도 남자다운 수중 파괴대!"

교육생들이 고함치듯 군가를 부르며 오와 열을 맞춰 모래밭을 뛰어갔다.

바로 그때였다.

교육생들의 대열과 십여 미터쯤 떨어진 후미에서 얼룩무늬 군복을 걸치고 붉은 팔각모에 별 하나가 선명하게 새겨진 해병대 장군이 따라왔다.

힐끔!

해병대 장군을 맨 먼저 발견한 것은 뒤에서 쫓아오던 '교관' 공일환 준위였다.

"단장님!?"

장군을 발견한 공일환 준위가 화들짝 놀랐다.

"필승! 준위 공일환!"

"필승! 수고한다.

공일환 준위가 반사적으로 차렷 자세를 취하며 거수경례를 했고 해병대 장군이 미소를 띤 채 아주 세련되게 경례를 받았다.

'단장님이……?'

공일환 준위가 뭔가 이상한 듯 매력 없이 큰 눈을 껌뻑거리며 해병대 장군을 살폈다.

"헤헤헤, 안녕! 채나야!"

채나가 웃으면서 별이 새겨진 팔각모를 벗어 흔들었다.

덜컥!

공일환 준위의 심장이 간단하게 떨어졌다.

올해 서른여섯 살의 노총각 공일환 준위는 우연히 내무반에서 교육생들과 함께 시청한 TV에서 채나가 〈히어로〉를 부르는 모습을 보고 깜깜한 어둠 속에서 한줄기 빛을 발견했다.

긴 생머리에 초롱초롱한 눈망울과 오뚝한 콧날.

눈처럼 새하얀 피부와 날씬한 체구에 약간 맹한 말투.

바로 공일환 준위가 초등학교 일기장에 써 놓은 그 이상형의 여자였다.

다음 날 아침, 공일환 준위는 24개월 할부로 대한민국에서 가장 좋은 TV를 사들였고 〈우스타〉부터 〈블랙엔젤〉 〈KK팝〉을 보고 또 봤다.

그것도 양이 차지 않아서 휴가를 얻어 아무도 몰래 서울에 올라가 소위 '퇴근길'에서 채나를 지켜보기도 했다.

문제는, 채나를 공일환 준위만 좋아하는 것이 아니라는 게 함정이었다.

교육대 내무반이 뒤집혔다.

특수전여단 전체가 난리였다.

어떻게 저렇게 아름다운 목소리를 가진 아가씨가 있지?

어떻게 저렇게 노래를 잘할 수 있대?

어떻게 저렇게 칼을 잘 쓸 수 있어?

올 한 해 화제는 내내 채나에 관한 것이었다.

휴식시간이면 채나 얘기가 무조건 나왔고 회식 시간에는 대원들이 채나 노래를 떼창했다.

여차하면 채나의 노래 중 하나가 해군 특수전여단의 단가가 될 판이었다.

어쩔 수 없이, 공일환 준위도 수많은 수컷처럼 채나의 광팬이 됐고 채나교의 광신도로서 만족했다.

그런데, 그런데 말이다!

지금 내 앞에 그 김채나가 있어!

내가 꿈속에서 그렇게 자주 만났던 우리 교주님… 김채나가 말야!

으흐흐! 이건 꿈일 거야, 그치?

어제 저녁에 이 상사랑 돼지게 먹은 술이 아직 안 깬 거야, 그치?

아닌데? 이건 꿈이 아니야. 절대 꿈이 아니야!'

공일환 준위가 잠깐 고개를 돌리는 그 짧은 시간에 남북통

일이 되면 군인이 해야 될 일부터 지금까지 살아왔던 일들이 파노라마처럼 스쳐 지나갔다.

다시, 고개를 돌렸다.

채나는 그때까지 미소를 띤 채 모자를 흔들고 있었다.

'맞다!! 도끼를 마음대로 휘두르는 그 여자! 위대하신 우리 교주님! 대체 우리 교주님이 왜 이곳에 계실까? UDT 교육을 받으러 오셨나? 설마…….'

공일환 준위의 머릿속에서 공황장애와 환각증세가 마구 뒤섞였다.

이윽고, 생애 최대의 용기를 내어 채나 앞으로 걸어가 씩씩하게 손을 내밀었다.

"필승! 대한민국 해군 특수전여단 준위 공일환입니다. 뵙게 되어 영광입니다."

"헤헤헤! 반가워요, 김채나예요!"

채나가 공일환 준위의 손을 잡았다.

쫘당!

끝내 공일환 준위가 게거품을 물고 모래 바닥에 나뒹굴었다.

"봐봐봐, 임마! 내 말이 맞잖아? 진짜 김채나야! 김채나!"

"으으으… 말도 안 돼! 말도 안 돼! 김채나가 왜 여길 와? 여기가 방송사야? 영화사야? 여긴 UDT 교육대라구!"

"아냐! 아냐! 확실해. 저, 저 귀여운 얼굴 좀 봐봐? 아휴, 미 치겠다!"

대열의 후미에서 뛰던 교육생들이 연신 채나를 돌아보며 바닷가에 살고 있는 쥐 소리로 속삭였다.

쥐 소리는 순식간에 대열의 선두까지 번졌고 교육생들은 더 이상 뛰지 않았다.

김용호 준위 한 사람만 빼고.

"진짜 진짜 진짜 김채나닷!"

"맞아! S1이야!"

교육생들의 음성이 점점 높아졌다.

"행군 간에 군가……?"

김 준위가 구령을 외치다가 뭔가 이상한 듯 고개를 돌렸다.

웅성웅성!

기가 막히게도 교육생들이 멈춰 서서 후미 저편을 보고 무 슨 소린가 중얼거리고 있었다.

빠직!

김 준위의 눈에 살기가 튀었다.

"이 새끼들 봐라? 지옥주 훈련이 끝났다고 빠진 거야?!"

"아닙니다, 교관님!"

교육생들이 당황하며 외쳤다.

"박아! 새끼들아!"

김 준위가 살기 띤 음성으로 명령을 내렸다.

퍽!

교육생들이 일제히 모래사장에 머리를 박았다.

"전원 대가리 박은 채 군가한다. 군가는—"

아주 많이 사랑했죠!

밤새 얘길 나누고… 새벽에 그 거리를 거닐면서……

김 준위의 구령이 채 떨어지기도 전에 교육생들이 채나의 노래 〈히어로〉를 떼창했다.

"이것들이 아주 제대로 빠졌구나……"

김 준위가 살기 띤 음성을 뱉다가 환하게 웃으며 걸어오는 채나와 눈이 마주쳤다.

…….

우연인가?

그렇게 쏟아지던 겨울비가 멈췄다.

"헤헤! 나야, 큰오빠."

"진짜 왔네? 내 동생 채나!"

한동안, 채나와 김 준위가 미소를 머금은 채 마주보며 조용히 서 있었다.

"들었지? 김 교관님이 김채나 씨 오빠래?"

"우째 이런 일이?! 김 교관님이 전생에 우주의 왕자였나?"

"그럼 내랑 어떤 관계가 되는 기고?"

"말조심해, 임마! 우리 큰처남한테 뒈진다!"

"우히히히! 킥킥킥!"

대원들이 머리를 박은 채 난리 법석을 떨었다.

"전원 기상!"

"기상!"

김 준위의 명령에 대원들이 잽싸게 몸을 일으켰다.

"너희가 좋아하는 인기 가수 김채나 씨다!"

김 준위가 미소를 띤 채 채나를 소개했고.

"부대 차렷!"

어느새 정신을 차린 공일환 준위가 대열의 맨 오른쪽에 서서 구령을 붙였다.

"우리 민족의 햇빛 김채나 양에게 경롓!"

"필— 승!"

교육생들이 일제히 거수경례를 했다.

UDT 교육대가 생긴 이래 가장 우렁찬 구호였다.

"필승!"

채나가 웃으면서 경례를 받았다.

—어흠흠! 다다단본부에서 알립니다. 다, 단본에서 알립니다.

이때, 백사장 저편에 설치된 거대한 스피커에서 음성이 튀어나왔다.

―이 자식이, 왜 이렇게 버벅대?

―아이이쒸! 하, 한미래 씨가 옆에 계시니까 몸이 막 떨려서…….

―후후! 미래 때문에 몸이 떨린대, 필신아. 니가 한마디 해줘.

―어이, 박 상병! 구로동 껑다리 아줌마한테 욕 좀 쳐 먹어 볼래?

―더, 더 떨려요. 마마 누나가 가까이 오니까!

―으이구, 웬수야!

교육생들이 스피커에서 흘러나오는 음성을 들으며 눈이 왕창 커졌다.

"야야야야! 한미래래래?"

"빅마마랑 껑다리 아줌마도 왔나봐??"

"그럼 김채나 씨하고 같이?!"

교육생들이 다시 일제히 채나를 주시했고 채나가 귀엽게 V자를 그렸다.

이어 스피커에서 굵은 음성이 튀어나왔다.

―단장이다. 전 대원은 열외 한 명 없이 오늘 17시까지 정훈관에 집합하기 바란다. 인기가수 겸 배우인 김채나 씨가 빅

마마, 연필신, 한미래 씨와 함께 여러분의 노고를 격려하기 위해 음식을 마련해 오셨다.

"우와아아, 김채나 씨 만세!"

"울 교주님, 화이팅!"

교육생들이 일제히 모자를 던지며 환호성을 터뜨렸다.

—특히 김채나 씨는 우리 김용호 교관의 동생분이시다. 절대 결례를 범하지 말도록!

단장이 확실하게 주의를 줬다.

"필승!"

교육생들이 다시 힘차게 채나에게 경례를 했고.

"바다를 주름 잡는 사나이—"

목이 터져라 군가를 부르며 백사장을 달려갔다.

채나와 김 준위가 미소를 띤 채 뛰어가는 교육생들을 물끄러미 쳐다봤다.

그리고 말없이 비가 그친 백사장을 걸어갔다.

"제주도에 가는 길에 오빠 생각이 나서 들렸어."

"잘 왔다. 네 덕분에 나 진급할지도 모르겠다!"

"무슨 말이야?"

"대한민국 어떤 부대에서 김채나, 빅마마, 한미래, 연필신이 네 명의 연예인을 한꺼번에 부를 수 있겠냐? 아마 합동참모본부에서도 힘들 거다. 흐흐훗!"

"헤헤, 그렇긴 해. 전국체육대회 전야제에 참석하러 가는 길이 아니었으면 나도 데려오기 쉽지 않았을 거야."

그랬다.

채나는 추석 때 김 교장 댁에서 한 약속을 지키려 전국체육대회가 열리는 제주도로 가는 길에 시간을 쪼개 사촌 큰오빠인 김 준위가 근무하는 해군 특수전여단을 방문했다.

전야제에 참석하는 박지은과 한미래, 연필신과 함께 8톤 트럭 두 대 분량의 위문품을 싸들고!

"아무튼 여기까지 오느라고 고생했다. 집이 좁아서 친구들은 좀 그렇고, 너라도 자고 가. 일중이, 미중이 째나 고모라면 쓰러진다."

"그러잖아도 일중이를 만나야 돼. 자동차 사주기로 약속했거든, 헤헤!"

"흐훗! 일중이 녀석이 날마다 노래를 부르더라."

잠깐 동안, 채나와 김 준위의 대화가 끊겼다.

"큰오빠한테 사과할 일이 있어."

한참 만에 채나가 무겁게 입을 열었다.

"사과? 나한테?"

"미안해! 실은 나 미국에서 오면서 할아버지나 오빠… 보고 싶지 않았어. 할아버지나 오빠를 보면 아빠나 채린이가 떠오를 것 같았거든. 그래서 지난번에 할아버지 댁에 갈 때도 꽤나 망설였고!"

사실, 채나가 그 바쁜 와중에 이곳 특수전여단을 방문한 것은 위문공연이나 위문품 전달이 목적이 아니었다.

김 준위에게 바로 이 말이 하고 싶어서였다.

"녀석! 그런 일이라면 내가 먼저 사과를 해야 할 거다. 고등학교 졸업하자마자 군에 입대한 것은 친척들로부터 도망치고 싶어서였으니까. 할아버지나 작은아버지를 보면 부모님 모습이 그대로 떠올랐거든!"

"……."

이렇게 김 준위도 채나처럼 '재미 과학자 김철수 교수 일가 피살사건'으로 인해 똑같은 트라우마를 겪었기 때문이다.

한 사람은 피해 달아났고, 한 사람은 맞서 싸우는 것이 약간 다르긴 했지만!

"그만 잊자, 채나야. 벌써 언젯적 일이냐? 돌아가신 분들을 너무 오랫동안 생각하는 것도 그분들에 대한 예가 아니라더라! 이승에 대한 정 때문에 편하게 저승에 못 가신다잖아?"

"…그런 거야?"

"또 우리는 잘 살아가고 있잖아? 나름 밥값도 하고!"

똑같이 트라우마를 겪었던 오빠가 여동생에게 지난날의 상처를 잊자고 제의했다.

여동생이 정체를 모른데서 오는 오판이었다.

선문의 대종사에게 적은 섬멸, 그 길 하나뿐이었다.

채나는 그렇게 세뇌되어 있었다.

"그리고 이건 개인적인 바람인데… 너 서울대 교수 했으면 좋겠다. 우리 아버지 꿈이 서울대 교수였대. 끝내 이루시지 못했고!"

"……!"

"그 자리가 그렇게 힘들댄다. 희대의 천재였다는 아버지도 거절당할 만큼. 넌 제발 맡아달라고 고위층에서 쫓아오지만 말야."

"아냐! 나도 힘들어. 지난번에는 할아버지 체면 때문에 반 승락을 했지만 지금 내 형편으로는 서울대 교수직을 맡는 것보다 서울대를 세우는 게 더 빨라!"

"흐흐훗! 그렇다면 어쩔 수 없지. 어쨌든 환영한다! 우리 부대를 방문한 거. 필승!"

"필승!"

동병상련의 아픔을 겪은 오누이가 마주보며 거수경례를 했다.

왠지 아련하게 느껴졌다.

이날 밤.

대한민국 해군 특수전여단은 채나 사단의 기습을 받고 초토화가 됐다.

채나의 첫 번째 군부대 위문공연이었다.

＊　　　＊　　　＊

"이히히히!"

일중이는 너무 너무 기분이 좋았다.

아침에 채나 고모가 유치원에 데려다 줬을 때 선생님들이 어쩔 줄 모르며 마구 소리를 질렀다.

채나 고모가 알고 보니 텔레비전에 나오는 그 누나였다.

노래 잘하고 쌈 잘하는 그 유명한 누나!

일중이가 허름한 오 층짜리 군인 아파트 계단을 다람쥐처럼 올라갔다.

"엄마! 유찌원 다녀왔쪄."

일중이가 아파트 문을 열어젖히며 경쾌하게 인사를 했다

"우리 아들 왔나?"

김 준위가 채나 때문에 받은 특별 휴가 덕분에 집에서 쉬며 일중이를 맞았다.

"응, 아빠! 째나 꼬모랑 엄마는 어디 있어?"

일중이 후다닥 가방을 벗으며 물었다.

"할아버지가 오셔서 잠깐 나가셨어."

채나의 사촌 여동생 김용순이 일중이에게 다가오며 대답

했다.

"어? 수니 꼬모도 왔네."

"할아버지 모시고 왔지롱! 근데 일중이 오늘 왜 이렇게 기분 좋아?"

"에해해! 오늘 선생님들이 일중이를 막 안아줬어. 째나 꼬모 땜에."

"어이구! 언니가 오빠 부대에 이어 니네 유치원도 개박살 냈구나!"

"임마! 애 앞에서 개박살이 뭐냐? 개박살이…….''

김 준위가 용순이에게 핀잔을 줬다.

"사실인데 뭐! 지난번에 내가 일중이 데려다 줬을 때는 뉘 집 강아지가 왔나 하더라고. 근데 오늘은 세계에서 먹어주는 채나 언니가 방문을 했으니 앞으로 일중이는 초록유치원 VIP야, VIP! 험험!"

용순이가 일중이를 보며 키득댔다.

"흐훗! 채나가 여러 사람 기 살리는구나."

김 준위가 정말 기가 살아 있는 웃음을 날렸다.

"아빠, 이거!"

일중이가 가방에서 큼직한 열쇠를 꺼내 김용호 준위에게 내밀었다.

"이게 무슨 열쇠냐?"

"자동차! 꼬모가 사줬쩌."

"이 붕붕카?"

김용호 준위가 쇼파 위에 놓여 있는 장난감 자동차를 집어 들었다.

일중이가 고개를 힘차게 저었다.

"아냐, 아냐! 자동차! 이따만 해— 대빵 커! 꼬모가 아빠랑 같이 가지고 놀래."

김용호가 의아한 표정으로 용순이를 돌아봤다.

"아는 바 없슴!"

용순이가 어깨를 으쓱했다.

"아빠! 빨리 자동차 데리러 가자!"

"자동차가 어디 있는데?"

"쩌어기— 밖에 있쩌! 수니 꼬모두 가자!"

"그, 그래 가보자."

일중이가 김 준위와 용순이의 손을 잡고 아파트 앞에 있는 주차장으로 나왔다.

임시 넘버가 붙어 있는 신형 SUV 대형 자동차를 향해 달려 갔다.

"바바! 얘야! 이 자동차. 꼬모가 사줬쩌."

"켁!"

김 준위와 용순이가 그대로 뒤집어졌다.

"여기 바바 아빠! 일중이 자동차라고 쩌 있잖아?"

일중이 꺼!

고급 SUV 자동차 앞 유리창에 이렇게 쓰인 큼직한 종이가
붙어 있었다.

"꼬모가 이름 써줬쩌. 잊어버리지 말라구!"

일중이가 유치원생답게 채나라는 주어를 생략한 채 말했
다.

김 준위가 어이가 없는 표정으로 용순이를 쳐다봤다.

"니가 샀냐?"

"큰오빠 지금 나 약 올리는 거지? 그치? 남해 해죽포 탁주
경리사원이 재벌 회장님쯤 되는 줄 알아? 하긴 뭐 내가 대학
교 졸업한 뒤 잘나갔으면 오십 개월 할부 정도로 찜해 왔겠
지!"

용순이가 김 준위를 쏘아보며 느물거렸다.

"뭐가 어찌 된 심판이냐. 고등학생인 용희가 샀을 리도
없고?"

"히히히, 큰오빠 정말 재밌다. 저거 얼마짜린 줄 알고 그런
얘기를 해?"

"어, 얼마짜린데??"

"보아하니 에어컨에 네비, 오디오까지 풀옵션 같은데 세금까지 오천 정도 줬겠네!"

"흐끅! 오, 오천만 원짜리 자동차란 말야?"

김 준위가 너무 놀라 딸꾹질을 해댔다.

"그럼 오천 원짜리 차인 줄 알았어? 애 이름이 뭐더라?"

"꾸루주— 꼬모가 꾸루주라고 했쩌!"

일중이 입술을 내밀며 씩씩하게 대답했다.

"맞다! 현대 자동차에서 나온 최신형 크루즈! 헤에? 요즘 애들은 한글보다 영어를 더 잘한단 말야. 발음도 정확하구!"

"너… 일중이!"

김 준위가 일중이를 보며 인상을 썼다.

"……!"

일중이 화들짝 놀라 황급히 말을 이었다.

"거짓말 아냐? 정말 꼬모가 사줬쩌! 이 꼬모 말고 째, 째……."

"채나 고모?!"

용순이가 말을 이어주자 당황하던 일중이가 양손을 힘차게 휘둘렀다.

"마저! 째나 고모! 그 꼬모가 유치원에 갈 때 태워주면서 내 자동차라구 그랬쩌. 바바바, 아빠! 진짜 째나 고모가 일중이 꺼라고 써줬다니까. 여기여기!"

일중이가 자동차 유리창을 가르치며 연신 소리쳤다.

"깔깔깔깔깔!"

용순이가 자동차를 보며 한참 동안 웃어댔다.

"이제 답 나왔네! 우리 집안을 사돈 팔촌까지 다 뒤져도 오천만 원이 넘는 자동차를 일중이에게 장난감 자동차처럼 사 줄 수 있는 사람은 딱 한 사람밖에 없어, 채나 언니!"

"푸후— 녀석이 일중이에게 자동차 사주기로 약속했다더니 장난감이 아니라 이거였구만!"

김 준위가 그제 서야 채나의 말이 생각는 듯 길게 한숨을 내쉬었다.

"근데 이거 받아도 되는 거냐? 용순아!"

김 준위가 자동차를 힐끗 보며 물었다.

"왜 오빠가 신경 써? 언니가 일중이에게 사줬다잖아? 오빠 차가 아니라 일중이 차야."

"말이 그렇게 되냐?"

용순이가 단호하게 결론을 내렸고 김 준위가 어색한 표정으로 일중이를 쳐다봤다.

"마저! 쩨나 꼬모가 나한테 주는 선물이라고 했쩌. 아빠두 이 자동차 가지고 놀려면 나한테 허락 받아야 돼!"

일중이가 어깨에 힘을 꽉 줬다.

"흐흐홋, 그래 그래! 앞으로 그렇게 하마."

김 준위가 웃으면서 일중이 머리를 쓰다듬었다.

띠리리릭!

그때, 용순이 품에서 전화벨이 울렸다.

"오빠랑 일중이랑 같이 있어. 오빠?"

용순이가 김 준위에게 휴대폰을 건넸다.

"마나님이서. 오빠 바꿔 달래!"

"줘 봐."

갑자기 김 준위가 휴대폰을 든 채 한참 동안 말이 없었고.

"그렇게 해. 당신한테 사주신 거니까 당신 이름으로 해! 이 사람이? 내가 뭐 섭섭할 게 있어! 그저 감사할 뿐이지."

잠시 후 휴대폰을 용순이에게 돌려줬다.

"할아버지가 언니한테 뭐 사주셨대?"

용순이가 호기심이 어린 표정으로 물었다.

"큭큭큭!"

김 준위가 괴상한 웃음을 터뜨리며 고개를 주억거렸다.

"시내에 있는 삼성아파트 58평짜리. 남향이래! 앞으로 우리 단장님하고 반상회에서 만나겠네. 큭큭!"

"정말? 진짜? 아니, 남해 해죽포 야산에 있는 오백 평짜리 과수원이 전 재산인 영감님께서 뭔 돈이 있으셔서 진해 시내에 있는 58평짜리 아파트를 사주서? 개빡치네. 언제나 몰래 로또 맞으셨나?"

용순이가 기가 막힌 듯 눈이 휘둥그레졌다.

"아버님께서 남기신 유산이 있었단다."

"햐아— 신기하다. 어떻게 채나 언니가 오니까 없던 자동차도 생기고, 없던 큰아빠 유산까지 튀어나와서 58평짜리 아파트로 바뀌나?"

용순이가 금테 안경을 치키며 의미심장한 미소를 띠었다.

"너무 냄새가 진한데? 뭐 어쨌든 울 큰오빠 살판났네! 언니한테 완전 체면 섰어. 오천짜리 자동차에 58평짜리 아파트면 여기 진해에서는 무적이야! 무적!"

용순이가 탄성을 연발했다.

"후우우우! 내가 누구한테 충성을 해야 되는 거냐? 국가냐, 채나냐?"

"당근 채나 언니지!"

김 준위가 소파에 깊숙이 몸을 묻으며 독백처럼 말하자 용순이가 단칼에 잘랐고.

"우쓰—"

기합을 주며 양손을 힘껏 움켜쥐었다.

"좋아! 채나 언니가 오천짜리 자동차에 58평짜리 아파트를 큰오빠한테 사줬다? 그럼 이 김용순이는 바지저고린가? 가만히 앉아서 구경만 할 사람이야? 와, 자동차 죽인다! 완전 아파트 쩌는데… 뭐 이러면서? 절대 그렇게는 못하지, 홍!"

"흐흐훗, 자식!"

용순이가 채나를 등치려고 작정을 하자 김 준위가 쓴웃음
을 머금었다.

경상남도 진해시 해군사관학교에서 조금 떨어진 곳에 위
치한 삼성아파트 단지는 천 세대가 넘는 대단지였다.

분양할 때부터 고급 아파트로 소문이 나서 해군 장성 같은
고위층이 많이 거주하는 곳으로 유명했다.

아파트 단지 앞에 자리한 희망부동산의 고 사장은 정말 오
랜만에 한 건 했다.

진해는 예로부터 군항으로 널리 알려졌다.

해군 작전사령부, 해병대사령부, 해군 사관학교, 해군 특수
전여단 등 수많은 해군 부대가 자리 잡고 있다.

이런 도시에서 부동산 사무실을 내고 돈을 벌려고 생각한
다는 것 그 자체가 웃기는 일이었다.

부동산 사무실을 운영해서 돈을 벌려면 큰손들을 끼고 몇
만 평씩 되는 대지나 빌딩 등을 중개해야 되는데 진해시에서
큰손은 군인들이었다.

그나마 군인들, 직업군인들이 선호하는 것은 아파트, 그것
도 소형 아파트였다.

물론 대부분 매매도 아니고 전세였고!

한데, 서울에서 내려온 아주 잘나가는 연예인이 대형 아파트 매물을 찾았다.

반신반의하는 심정으로 여기저기 수소문해서 삼성아파트 58평짜리를 대령했다.

떡방도 오래하다 보면 척 감이 온다.

평생 먹을 것 못 먹고 은행 대출 잔뜩 끼고 집을 사는 사람하고 돈이 왕창 있는 부자하고는 행동거지가 많이 다르다.

뭐 돈 없는 서민이 58평짜리 아파트를 찾을 리도 없지만…….

지금 내 옆에서 걸어가는 이 김채나라는 유명한 연예인은 후자다.

부티가 줄줄 난다. 58평짜리도 영 마뜩치 않은 얼굴이다.

띵똥!

채나와 고 사장이 엘리베이터에서 내려 삼성아파트 107동 1203호로 들어갔다.

일견 보기에도 거실이 탁 트인 대형 아파트였다.

"살펴보시죠! 사무실에서 설명드렸듯 집주인이 외국으로 이민 가면서 내놓은 물건입니다. 등기도 깨끗하고 물건도 전혀 하자가 없습니다."

고 사장이 미소를 띤 채 채나에게 손짓했다.

"내가 봐서 뭘 해? 언니! 할아버지! 뭐하는 거야? 빨랑 들어와 봐봐!"

채나가 아파트 정문 쪽을 바라보며 소리쳤다.

"오냐! 지금 들어간다."

백발의 김 교장이 지팡이를 든 채 들어오고 통통한 삼십대 아줌마 일중이 엄마, 맹순덕이 쭈뼛거리며 김 교장을 따라 들어왔다.

"앞으로 이분이 이 집에서 사실 거예요. 설명 좀 잘해주세요, 사장님!"

"저, 저 큰아가씨!"

"왜 맘에 안 들어? 내가 보기엔 괜찮은데."

"그게 아니라……."

"언니, 정말 사람 피곤하게 하네? 이 아파트는 내가 사주는 게 아니라 돌아가신 큰아빠가 남겨놓은 유산으로 사는 거라고 몇 번을 말했어? 큰아빠가 누구야? 언니 시아버지, 일중이, 미중이 할아버지잖아?"

맹순덕이 어쩔 줄 모르며 계속해서 쭈뼛거리자 채나의 눈이 가늘어졌다.

"허허허, 그래, 일중 어멈아! 아무 걱정 말고 채나 말대로 하려무나."

채나의 음성이 착 가라앉자 김 교장이 위험 신호를 느끼고 재빨리 끼어들었다.

김 교장은 평생을 교육자로 살아온 사람이다.

수십만 명이나 되는 학생을 지도했다.

몇 번 만나지 않은 채나였지만 이미 그 성격을 누구보다 더 잘 읽었다.

보통 사람이 어떻게 만 원짜리 지폐 뭉치를 가구 상자로 하나를 보낼까?

보통 사람이 어떻게 백만 원짜리 수표를 거마비로 줄 수 있을까?

보통 사람이 어떻게 소 두 마리와 돼지 열다섯 마리를 추석 선물로 돌릴 수 있을까?

재벌이라도 쉽게 실행할 수 없는 행동이었다.

별명 그대로 외계인이었다.

외계인은 외계인답게 대우를 해야지 지구인처럼 대우를 해주면 UFO를 타고 우주 저편으로 날아가 버린다.

채나는 없는 시간을 쪼개서 직접 진해까지 내려와 부동산 중개사를 만나 아파트를 찾아냈다.

그만큼 채나에게는 파격적인 행동이었다.

그만큼 큰오빠에 대한 정이 애틋했기에!

하지만 맹순덕이 여기서 한 발짝 더 나가면 채나는 바람처럼 사라진다.

그때는 돌아가신 채나 아빠가 살아와도 잡을 수 없다.

"그렇지만 이건 너무 큰 거 아닌가요? 할아버님!"

맹순덕은 착하고 순진한 사람이긴 했지만 미련한 사람은
아니었다.

김 교장의 뜻을 파악했다.

"무슨 말이야? 애들 크며 이 아파트도 좁아. 일중이, 미중
이 금방 큰다구! 언니는 딱 한마디만 해. 이 아파트 맘에 들
어? 안 들어?"

채나가 더 이상 참지 못하고 최후 통첩을 했다.

"죄, 죄송해요, 큰아가씨! 사실 전 이런 아파트에서 살아보
는 것이 어릴 때부터 소원이었어요. 전 무조건 좋아요, 정말
좋아요! 큰아가씨!"

맹순덕은 역시 똑똑한 사람이었다.

결코 마지막 선을 넘지 않았다.

"오케이— 사장님!"

채나가 고 사장을 불렀다.

"지금 계약할 수 있죠?"

"하하하, 그럼요! 집주인이 제게 인감을 맡겨주고 갔습니
다. 당장 도장 찍으시죠!"

고 사장이 환하게 웃으며 대답했다.

"할아버지, 이거!"

채나가 봉투 하나를 김 교장에게 건넸다.

"언니랑 사무실에 내려가서 그 돈으로 계약해. 잔금하고 여러 가지 세금을 내도 넉넉할 거야. 남는 건 할아버지 용돈!"

"허허허, 녀석! 번번이… 아주 잘 쓰마!"

김 교장이 채나의 성격을 익히 알고 있는 듯 시원하게 받았다.

"할아버지, 사랑해!"

쪽!

채나가 까치발을 들고 김 교장에게 뽀뽀를 했고.

"언니, 안녕!"

맹순덕의 어깨를 가볍게 두드렸다.

"아, 안 돼요, 큰아가씨! 이렇게 가시면 어떻게 해요? 집에게 가서 식사라도 하고 가셔야죠!?"

맹순덕이 황급히 채나를 붙잡았다.

"헤헤헤! 이 유니폼 안 보여? 나 오늘 안에 제주도에 도착하지 않으면 전국에 지명수배 될 거야. 지금쯤 방송사 관계자들부터 체육회 담당자들까지 모조리 죽어가고 있을 거고. 먼저 갈게!"

"네네! 조심해 가세요, 큰아가씨!

맹순덕도 이제 채나 성격에 적응이 된 듯 두말없이 작별 인사를 했다.

"다음에 뵙겠습니다, 김채나 씨! 진해에 광팬 하나 생겼습니다. 부디 건승하십시오."

고 사장이 정중하게 허리를 숙였고.

"고마워요, 고 사장님!"

채나가 귀엽게 손을 흔들며 엘리베이터 속으로 사라졌다.

"아후, 정말… 큰아가씨한테 미안해서 어떡해요? 할아버님!"

맹순덕이 멍하니 서서 내려가는 엘리베이터를 쳐다봤다.

"허허허! 채나가 네 시아버지가 남긴 유산이라고 하지 않더냐?"

"할아버님도 참……."

"신경 쓰지 말고 지금부터 아파트나 꼼꼼히 살펴 보거라. 자고로 선물은 받은 사람이 잘 사용해 줘야 준 사람도 기분이 좋은 법이니라."

"네에… 할아버님."

맹순덕이 울음 섞인 음성으로 대답하며 재빨리 화장실로 들어갔다.

"수신제가치국평천하라? 녀석이 신 장관에게 써준 휘호의 뜻을 이제야 알 것 같구나. 출세한 동생이 오빠에게 아파트를 사준 것! 제가에 해당되는 것인가?"

김 교장이 의미를 알 수 없는 독백을 읊조렸다.

"분명한 것은 우리 집안에서 엄청난 용이 탄생되었다는 것

이야. 허허허허!'

　"제가 봐도 그런 것 같습니다."

　"당신이 봐도 그런 것 같소?"

　"예! 용은 누가 봐도 용이죠."

　"맞소! 용은 누가 봐도 용이지 미꾸라지로 보이지는 않을
것이오."

　"어허허! 하하하!"

　경상남도 진해시 삼성아파트 107동 1203호에서 떡방쟁이
와 교장선생님이 알 듯 말 듯한 선문답을 나눴다.

2장

전국체육대회

두두두두!

통통하고 귀여운 갈색 말 한 마리가 질풍처럼 내달렸다.

자신만큼이나 작은 체구의 기수를 태운 채였다.

몸집이 작아서 과일이 매달린 나무 밑을 지날 수 있는 말이라 해서 과하마(果下馬), 토마(土馬), 조랑말로 불리었던 말, 제주마였다.

기수는 하얀 말머리가 그려진 한국마사회 사격단 유니폼과 모자를 쓰고 어깨에 소총 한 정을 멘 채나였다.

두두두!

제주마가 의자들이 쫙 깔린 운동장 한복판을 가로질러 T자형 무대 앞에 이르렀을 때,

채나가 말 위에서 그대로 몸을 날려 한 바퀴 회전을 한 뒤 무대 위에 착지를 했다.

곧 바로 소총을 들고 하늘을 향해 무릎 쏴 자세를 취했다.

탕탕!

동시에 두 발의 총알이 발사됐고 허공에서 애드벌룬이 터졌다.

경 제83회 전국체육대회 축

전국체육대회에 참가하는 각 시도 선수단 여러분을 진심으로 환영합니다.

빵·빵·빵·빵!

경쾌한 음악 소리와 함께 애드벌룬 속에서 형형색색 색종이들이 흩날리며 환영문구가 새겨진 거대한 현수막이 쏟아져 내려왔다.

"OK. 거기까지! 멋있다, 역시 채나 씨야!"

헤드셋을 쓴 김기영 부장이 한 손을 번쩍 들었다.

짝짝짝! 휙휙휙!

"와우, 죽인다. 김채나!"

"역시 울 때지는 외계인이야."

"마구 날아 다녀!"

무대 아래에서 지켜보던 채나의 노예들, 박지은, 연필신, 한미래 등이 박수와 함께 휘파람을 불며 환호성을 질렀다.

"아호! 무슨 영화 찍는 것도 아니고 괜히 얼굴 뜨겁네."

채나가 왠지 잔재주를 부리는 듯한 느낌이 드는지 얼굴을 붉히며 혀를 쏙 내밀었다.

"핫핫! 아냐 아냐, 채나 씨! 총소리가 빵빵 나니까 정말 전국체전이 개최되는 것 같고 전야제가 시작되는 것 같다."

김기영 부장이 재빨리 무대 쪽으로 다가왔다.

"근데 채나 씨! 무릎 쏴 자세보다 서서 쏴 자세가 낫지 않을까? 무대가 워낙 넓어서 채나 씨가 왜소해 보이는데?"

"히히히! 깔깔깔!"

김기영 부장이 베테랑 PD답게 채나 키가 작다는 말을 완곡하게 표현하자 박지은 등이 깔깔댔다.

삼 일 내내 쏟아지던 비가 거짓말처럼 멈추고 화사한 햇살이 비추는 제주의 아침!

바로 오늘 저녁에 시작되는 '제83회 전국체육대회 전야제' 리허설 중이었다.

장소는 제주 종합경기장.

참석 인원은 채나를 비롯한 연예인들과 스태프들, 체육회 임원들까지 약 백여 명.

KBC의 김기영 부장이 책임 PD였다.

메이저 방송사인 KBC와 DBS, MBS 삼 사가 공민영 합동으로 전국에 생중계할 예정이었다.

"알았어! 이렇게 서서 사격하란 말이지."

"그래 그래! 그 자세가 훨씬 나아. 모양도 자연스럽고!"

채나가 소총을 든 채 입사 자세를 취했고 김기영 부장이 손가락으로 동그라미를 그려 OK 사인을 했다.

지금 막 리허설을 끝낸 전국체육대회 전야제의 오프닝 장면.

채나가 제주를 상징하는 조랑말을 타고 달려가 무대에 올라가서 총을 쏴 애드벌룬을 터뜨려 환영 현수막을 쏟아지게 하는 현란한 퍼포먼스.

채나가 가진 재주를 십분 활용하는 김기영 부장과 스태프들이 고심 끝에 생각해 낸 아이디어였다.

"자아! 관중들의 시선이 쏟아져 내린 현수막에 쏠려 있을 때… 채나 씨가 한 호흡 쉬면서 마이크로 다가가 멘트를 시작하고!"

"반갑습니다, 김채나예요. 제83회 전국체육대회를 진심으로 축하합니다. 이번 대회에 참가한 동료 선수단 여러분! 환영합니다. 전국체육대회를 빛내 주실 이만여 명의 영웅들! 그

분들께 불러들입니다. 곡목은 〈히어로〉!"

"채나 씨의 〈히어로〉가 끝나고 손규완, 금혜원 아나운서 오프닝 멘트!"

채나가 여유 있게 멘트를 끝내자 김기영 부장이 연이어 한 손을 흔들며 지시를 했다.

이때였다.

"도끼를 마음대로 휘두르는 그 여자! 그 이름은 김채나! 성난 김채나!"

운동장을 뒤 흔드는 채나송이 들려온 것이.

"또또또 시작이다, 채나 씨! 저 사람들 어떻게 진정시킬 수 없어? 채나 씨 팬들이잖아?"

김기영 부장이 인상을 쓰며 무대 옆으로 내려오는 채나를 보며 말했다.

"됐어! 누구 도끼 맞는 거 보고 싶어?"

"큭큭큭! 낄낄낄!"

채나가 귀찮다는 듯 퉁명스럽게 대꾸하자 김기영 부장 등이 쓴웃음을 터뜨렸다.

어떻게 보면 무서운 일이었다.

수십만 명이 넘는 채나 팬이 새벽부터 몰려와 제주종합운동장을 포위한 채 지금까지 쉬지 않고 미친 듯이 채나송을 불러댔으니!

바로 광신자들이 보이는 행태 그대로였다.

채나와 김기영 부장은 〈KK팝〉을 같이해 오면서 스스럼없이 반말을 사용할 만큼 허물없는 사이가 됐다.

"자자, 신경 쓰지 말고 계속 가자고!"

김기영 부장이 다시 지시를 했고.

"안녕하십니까? 전국에 계신 시청자 여러분, 그리고 제주 도민 여러분!"

"지금부터 제83회 전국체육대회 전야제 1부 순서를 시작하겠습니다."

손규완, 금혜원 아나운서가 매끄럽게 인사를 했다.

빵-빵-빵-빵!

이어 음악과 함께 막이 열리고 최영필이 이끄는 밴드 '22세기' 가 등장했다.

"오랜만에 뵙습니다, 여러분! 최영필입니다."

가왕 최영필이 기타를 든 채 부드럽게 입을 열었다.

"최 선생님과 22세기가 〈이 순간을 영원히〉와 〈가자, 대한 민국〉 등 두 곡을 연주해 주시고!"

김기영 부장이 주먹을 불끈 쥐며 다시 금혜원, 손규완 아나운서를 쳐다봤다.

멘트를 계속하라는 신호였다.

"멋진 연주였습니다. 최영필과 22세기 밴드 여러분!"

"가왕 최영필 씨가 이렇게 시청자 여러분께 인사를 드리는 게 몇 년 만인지 모르겠네요."

"벌써 십 년이 넘은 것 같군요. 하지만 심금을 울리는 가창력이나 탁월한 연주 솜씨는 여전히 변함이 없으시군요. 다시 한 번 최영필 씨와 22세기 밴드 여러분께 큰 박수 부탁드립니다.

짝짝짝!

김기영 부장이 박수를 치며 재깍 지시를 했다.

"금, 손 아나! 다시 멘트!"

"이제 이번 83회 전국체육대회를 준비하시느라 밤낮으로 고생하신 제주특별자치도 강승우 도지사님을 이 자리에 잠시 모시겠습니다."

"강승우 도지사님!"

"OK! 도지사가 올라왔어. 다음은……."

"밥 먹고 해, 오빠―"

"으흐흐흐! 킬킬킬킬!"

김기영 부장이 뭔가 지시를 하려고 할 때 채나가 못 참겠다는 듯 소리를 빽 질렀다.

스태프들 일제히 폭소를 터뜨렸다.

일단 일을 시작하면 스탭들과 출연진들을 정신없이 몰아쳐서 구소련의 독재자 스탈린에 비유해 김탈린이란 별명이 붙은 김기영 부장이었다.

하지만 채나는 배가 고프면 스탈린이든 모택동이든 보이지 않았다.

사람이 일을 하는 것은 잘 먹고 잘살기 위해서다.

채나가 지금까지 한 번도 어기지 않은 철칙이었다.

김기영 부장이 미소를 띠며 시계를 봤다.

막 정오가 지나고 있었다.

아침 8시부터 리허설을 시작했으니 무려 4시간 동안이나 쉼 없이 몰아쳤다.

"잠시 쉬었다 가겠습니다."

김기영 부장이 리허설 중단을 명령했다.

"식사들 하시고 오후 2시부터 최종 리허설 들어가겠습니다."

조연출자인 KBC 예능본부 소속 이창훈 PD가 재빨리 보충 멘트를 했다.

우르르!

스탭들과 출연진들이 무대에서 내려왔다.

*　　　*　　　*

누군가 PD는 프로듀서의 줄임말이 아니라 피곤하고 더러운 직업의 이니셜이라고 했다.

또 누군가는 PD질 십 년이면 몸속에서 사리가 나온다고 했다.

뭐, PD들이 불가의 고승들처럼 오욕칠정에서 벗어나 해탈의 경지에 이르렀다는 뜻은 결코 아니다.

PD라는 직업이 꽤나 만만찮아서 엄청난 인내력을 요구한다는 뜻을 과장되게 표현한 말이다.

연세대학교 신문방송학과 졸업하고 학사 장교로 전역한 뒤 KBC에 PD직군으로 입사해 시사, 스포츠, 음악, 예능 등의 PD로 일한 지 꼭 9년째.

왜 PD가 피곤하고 더러운 직업인지 몸속에서 사리가 나오는지 올해 처음으로 깨달았다.

지난 9월 중순에 제83회 전국체육대회 전야제 담당 PD로 발령받아 한 달 동안 나름 열심히 뛰었다.

쥐꼬리만 한 예산에 맞춰 전야제에 출연할 연예인들을 섭외하려고 허겁지겁 쫓아다녔다.

월드컵이나 올림픽 같은 수많은 매머드 체육대회의 전야제를 참조하면서 열심히 콘티를 짜고 시나리오를 만들었다.

이 주일 전, 윗분께서 딱 한마디 하셨다.

"야, 이창훈이! 체전 전야제에서 손 떼. 국장님께서 맡으신대."

그걸로 끝이었다.

가슴속에서 빅뱅보다 더 강력한 폭발이 일어났지만 반항하지 않았다.

군대보다도 엄한 상명하복으로 철저하게 무장된 조직인 PD 사회에서 상사에게 반항은 곧 싸가지다.

싸가지는 저어쪽 아래 어디 지방 총국의 PD로 맴돌다가 사십대 중반쯤 명예퇴직을 한다.

그렇게 스러져 간 선배들의 전철을 밟고 싶지는 않았다.

결정적으로 요즘 우리 회사에서 제일 잘나가는 〈KK팝〉의 CP 김기영 국장, 김탈린의 솜씨를 보고 싶었다.

얼마나 자― 알 하는지 똑똑히 지켜보고 싶었다.

올해 12월 1일부로 예능1국의 제작부장에서 국장으로 발령 받았기에 직원들은 모두 김기영 부장을 김 국장이라고 불렀다.

가수: 최영필, 주현아, 원일, 남궁수덕, 이태청과 불루지대, HA신화, 김채나, 한미래.

배우: 정희준, 김상도, 이광석, 박지은, 오신혜.

개그맨: 유종철, 연필심.

아이돌그룹: 카이저, 걸그룹: 여성시대.

한데, 김 국장이 전야제에 출연하는 연예인들의 이 라인업을 공개했을 때 난 그만 두 손을 번쩍 들었다.

만약 세계연예인대회가 있다면 우리나라 대표로 출전할 국가대표 연예인 멤버였다.

도대체 김 국장은 어떻게 이 슈퍼스타들을 한꺼번에 섭외할 수 있었을까?

이것이 바로 대리와 국장의 차이인가?

PD 10년 짬밥과 20년 짬밥의 차이인가?

현기증이 날 만큼 충격을 받았다.

첫 번째 충격이었다.

오프닝 퍼포먼스로 한국마사회 사격선수 유니폼을 입은 김채나가 제주도의 상징인 조랑말을 타고 달려와 총을 쏴서 애드벌룬을 터뜨리고…….

난 상상조차 못했던 퍼포먼스였다.

누구 머리에서 나온 아이디어인지 모르지만 이 퍼포먼스 하나로 전야제는 간단히 100점짜리가 됐다.

두 번째 충격이었다.

건국 이래 최고의 스타라는 김채나.

제주종합경기장에 도착했을 때 체육계에서 차지하는 김채나의 위상을 목격하고 난 충격을 넘어 소름이 끼쳤다.

현재 제주종합경기장 내에 있는 대형 전광판에는 김채나

가 지난 시드니 올림픽 때 10미터 공기소총 결선 경기를 치루는 모습이 계속 비춰지고 있다.

그리고 이 목소리가 들릴지 모르겠는데?

"우리가 뛰어가는 저 고개 너머에 곱게 그려진……."

바로 제주종합경기장 내 스피커에서 흘러나오는 노래로 김채나가 부른 〈더 파이팅〉이다.

또, 지금 보다시피 주 경기장 내에 있는 VIP 휴게실이 연예인 대기실로 바뀌었다.

별 다섯 개짜리 특급호텔 수준의 뷔페식당으로 만들었고.

당연히 대식가인 김채나를 배려하기 위함이었다.

이 휴게실 벽에는 김채나가 총을 든 채 메달을 주렁주렁 걸고 있는 브로마이드 사진이 붙어 있다.

누군가 포샵을 한 듯 가슴에 부착된 성조기가 살짝 태극기로 바뀐 채!

더불어 정면에 걸린 두 개의 벽걸이 TV에서는 김채나가 S1으로 나오는 〈블랙엔젤〉이 방영되고 있다.

이 정도면 전국체전이 아니라 채나체전이라고 해도 과히 틀린 말은 아니다.

어떤 사람 말대로 김채나는 연예계에서는 고작(?) 슈퍼스타지만 체육계에서는 살아 있는 신(神)이 분명했다.

세 번째 충격이었다.

하나, 이 세 번의 충격은 다음에 올 충격에 비하면 예고편에 불과했다.

제주종합경기장 VIP 휴게실에서 점심 식사가 시작된 지 20분쯤 지났을까?

한국마사회 사격선수들이 경기도 팀 유니폼을 김채나에게 입혀주고 잠깐 수다를 떨다가 나갔다.

연예인들의 사인을 몽땅 받아서.

심지어 내가 연예인인 줄 알고 내 사인까지 받아갔다.

이때 한국체육회 박건웅 사무총장이 육상, 수영, 체조, 사격 등 각 종목 협회장 삼십여 명과 함께 들어왔다.

전야제에 참석하는 연예인들을 격려하기 위해 방문한 것이다.

김채나가 날아다니기 시작한 것은 바로 이때부터였다.

많은 사람이 알고 있지만 김채나는 연예인으로서 한국체육회 이사 신분이기도 했다.

연예인들을 협회장들에게 소개시킬 사람은 김채나밖에 없었다.

각 종목 협회장들은 대부분 재계의 초막강 인사들이다.

김채나는 동료 연예인들을 이 초막강 인사들에게 찬찬히 소개했다.

특유의 조크와 과장법까지 적절하게 섞어서.

김기영 국장을 소개할 때는 아예 포스트 KBC 사장이라고 농을 쳤다.

김 국장은 사람 좋은 미소를 띤 채 싫지 않은 표정을 지었다.

협회장들이 나가자마자 내가 가장 두려워하는 분들이 들이 닥쳤다.

KBC, MBS, DBS 메이저 방송 삼 사의 최고위층들이었다.

전국체전 중계 때문에 파견 나온 직원들을 위로하기 위해서였다.

겉으로 그렇다는 말이다.

속으로는 여러 가지 정치적인 목적이 있었고!

이때도 김채나가 동료 연예인들을 소개했다.

방송에 자주 출연시켜 달라고 우는 시늉까지 했다.

우리 KBC 이영래 사장에게는 대놓고 주정뱅이 개새끼 예능본부장을 자르고 김 국장을 본부장으로 승진시켜야 된다고 강력하게 주장했다.

당연히 최고위층들은 뒤집어지셨고!

메이저 방송 삼사의 최고위층들이 활짝 웃으면서 나가기 무섭게 성창경 체육회장이 들어왔다.

황인국 국무총리와 문화체육부 장관 등 각 부처 장관 일곱 명과 함께였다.

수십 명의 수행원까지 들어와서 VIP 휴게실이 돌연 시장통으로 변했다.

이 시장통에서 다시 김채나가 성큼 나섰다.

성창경 회장과 황인국 총리 등에게 동료 연예인들을 아주 귀엽게 소개했다.

정부 각 부처에 괜찮은 행사가 있으면 이 연예인들을 꼭 불러달라는 당부도 잊지 않았고.

이번에는 김 국장을 방송통신위원회 위원장이나 문화진흥원 원장쯤 시켜야 된다며 침을 튀겼다.

이어지는 VIP들의 행렬은 강력한 차기 대권후보자인 민주평화당의 민광주 의원을 마지막으로 끝났다.

정확히 세어 보지는 않았지만 이백여 명이 넘었다.

하나같이 대한민국의 정계, 재계, 문화계를 쥐락펴락하는 기라성 같은 인사들이었다.

그 많은 VIP에게 김채나는 지치지도 않고 동료 연예인들을 잘도 소개시켰다.

김 국장을 전 세계에 딱 한 명밖에 없는 엄청난 능력자로 탈바꿈시켰고.

그때서야 나는 깨달았다.

왜 대한민국 국가대표 연예인들이 동전 한 푼 받지 않고 제주도까지 날아와 전국체전 전야제에 출연했는지.

아무리 국가대표 연예인이라 해도 이 엄청난 VIP들을 만나기란 결코 쉽지 않다.

사단장 김채나는 주요 부대원들을 전야제에 출연시키면서 자연스럽게 VIP들을 만나게 했다.

오늘 만난 VIP들이 연예인 활동에 많은 도움이 될 것이라는 계산하에!

김채나는 더 이상 운동선수나 연예인이 아니었다.

정치가였다.

그것도 아주 세련된!

인생은 줄이다.

생뚱맞게도 제83회 전국체육대회 전야제 마지막 리허설을 준비하러 나가면서 내 머릿속에서는 이런 말이 맴돌았다.

*   *   *

히히힝!

짙은 어둠 속에서 말 울음소리가 들렸다.

한줄기 조명이 비쳤다.

두두두… 한국마사회 사격단 유니폼을 걸친 채나가 갈색

조랑말을 타고 달려왔다.

펑펑펑! 와아아아아!

허공에서 폭죽이 터지며 오만여 명의 관중이 일제히 환호성을 질렀다.

제주도에서 개체되는 제83회 전국체육대회 전야제가 시작했다.

아울러 제83회 전국체육대회의 불꽃같은 레이스도 시작됐다.

*　　　*　　　*

경기도 광명시 광명 사거리에 위치한 구 경기은행 건물.

"김 회장 얼굴이 작아서 사진 빨이 아주 잘 받아요."

"그래도 저렇게 포스터로 만들어서 걸어놓으니까 완전 쩐다, 쩔어!"

"정말입니다, 형님. 김 회장 포스 죽이네요!"

"우리 민족의 영원한 햇빛 경애하는 교주님다운 카리스마다."

"흐흐흐! 하하하!"

강 관장과 캔 프로의 직원들이 이틀 전에 리모델링을 끝낸 '광명 채나빌'을 흐뭇하게 쳐다보며 수다를 떨었다.

광명 채나빌을 리모델링하는 데 꼭 육 개월이 걸렸고 무려 13억 원이 들어갔다.

　그 새롭게 단장된 건물 위에 도끼를 들고 째려보는 채나의 〈블랙엔젤〉 스틸 사진이 거대한 포스터로 작업되어 20층부터 5층까지 길게 붙어 있었다.

　'GO─ UNIVERSE! 가자 우주로!' 라는 표어와 함께!

　"야, 신 과장! 어디서 저런 아이디어를 얻었냐? 네 대가리에서 나온 창작은 아닐 테고 말야."

　"어후, 진짜! 캔 프로 관리과장을 어떻게 보고 그런 말씀을 하시는 겁니까?"

　"새끼가 구라 까지 말고 빨랑 불어! 운동하는 놈들 대갈통으로는 죽었다 깨나도 저런 생각을 못해."

　"으흐흐! 실은 엊그제 강남 ㈜P&P 건물에서 봤습니다. 아이돌 애들 사진을 저렇게 어마어마하게 만들어 걸어놨더라구요. 뽀다구가 나기에 함 따라 해봤습니다. 캔 프로 사옥 이전 기념으로!"

　캔 프로 관리과장인 신하식은 경희대학교 출신으로 WBA WBC 페더급 랭킹 3위까지 올랐었다.

　고질적인 발목 부상 때문에 세계챔피언 일보 직전에 은퇴를 한 학사복서였다.

　지금은 강 관장 밑에서 월급쟁이 생활을 했다.

"자식! 역시 컨닝을 했구나."

"관장님도 컨닝이 뭡니까, 컨닝이? 벤치마킹이죠, 벤치마킹!"

"크크크! 핫핫핫!"

신하식 과장의 능청에 강 관장 등이 폭소를 터뜨릴 때.

"끼야야야야! 채나 언니 포스터야!"

"애고고고! 진짜 우리 교주님 용안이야."

지나가던 여고생들이 채나 포스터를 바라보며 탄성을 질렀다.

"……."

강 관장 등이 슬쩍 눈치를 살폈다.

"근데 왜 우리 교주님 어진이 저 건물에 걸렸지?"

"바보야! 저거 캔 프로 건물이잖아. 몇 달 전에 캔 프로 짱이 먹었대."

강 관장이 여고생들의 정보력에 놀라며 신 과장을 쳐다봤다.

신 과장이 어깨를 으쓱하며 아는 바 없다는 제스처를 취했다.

용안이란 임금의 얼굴, 어진은 임금의 전신 초상화를 뜻한다.

"쌍! 그 캔 프로 짱 꼭 사흘 굶은 멧돼지처럼 생겼던데, 복도 많아."

"글쎄 말이야. 졸라 못생긴 게 우리 교주님 등쳐서 완전 재벌 됐다니까. 씨발 놈!"

"개시키! 언젠가 만나면 내가 꼭 빡을 날려 줄 거야— 퉤!"

여학생 세 명이 침을 뱉으며 지나갔다.

"큭큭큭! 히히히!"

강 관장 등이 여학생들을 쳐다보며 낄낄댔고.

"빨리 토끼자. 여기서 개기다가는 아차하면 칼 맞겠다!"

"옙! 가시죠."

너스레를 떨며 잽싸게 광명역 지하도로 들어갔다.

펀치드링크에 시달리는 강 관장이 광명 채나빌을 리모델링하면서 모처럼 머리를 썼다.

광명 채나빌과 광명 전철역을 연계시켜 빌딩의 가치를 높였던 것이다.

잠시 후, 강 관장이 신 과장등과 함께 아직 인테리어가 안되어 운동장처럼 텅 비어 있는 광명 채나빌의 지하실을 둘러봤다.

"꽤 넓네. 야, 신과장! 이거 몇 평이나 되냐?"

"예! 165평입니다. 요 옆이 150평이고요. 지하 전체 건평이 315평이거든요."

"크크… 체육관 하나 더 만들면 딱 좋겠다."

"리모델링하기 전에 찬찬히 살펴봤는데 진짜 이 건물 쓸모 있게 지었드라고요."

"그래서 내가 찜한 거다. 근데 허 감독! 너 나하고 일한 지 몇 년이나 됐지?"

강 관장이 지하실을 살펴보다가 뜬금없이 뒤따라오는 허 준모 감독에게 질문을 던졌다.

"올해로 18년째죠. 은퇴하고 나서 트레이너부터 출발했으 니까!"

아웃복싱의 교과서.

세계 타이틀에 세 번 도전해, 세 번 모두 이 대 일 판정패를 당한 불운의 복서.

지금도 많은 복서가 허준모가 시합하는 동영상을 보고 아 웃복싱을 배웠다.

"자식! 오래도 쫓아다녔네. 염 실장, 넌?"

"허 감독보다 일 년 일찍 형님께 왔으니까 이십 년이 다 됐 죠."

사신(死神) 염성룡.

동양권에서는 찾기 힘든 웰터급의 전설적인 복서였다.

염성룡이 프로 복서로 데뷔를 해서 링에 올라가 싸운 것은 고작 열 번.

십전 십승! 열 번 모두 일회 TKO 승을 거둔 핵주먹이었다.

문제는, 염성룡에게 패한 선수 중 다섯 명이 시합 다음 날 숨을 거뒀다는 사실이다.

　그때부터 염성룡의 별명은 살인주먹 '사신' 이었다.

　염성룡은 미련없이 은퇴하여 강 관장의 스파링 파트너 노릇을 하며 세월을 보냈다.

　온갖 잡일을 다하면서!

　"씨발 놈들! 그동안 고생 많았다."

　"……!"

　신 과장 등이 움찔했다.

　올 것이 왔다.

　그동안 떠돌던 조직을 개편할 것이라는 소문이 현실로 다가왔음을 느꼈다.

　강동주 체육관과 캔 프로에는 트레이너, 코치, 감독, 부장, 실장 등 직원만 오십여 명이 넘었다.

　인건비만 해도 칠팔 천이었다.

　요즘처럼 프로복싱 자체가 사양길에 접어들고 흥행조차 안 될 때는 천하의 강 관장이라 해도 어쩔 수 없었다.

　인원 감축을 하는 수밖에!

　즉, 누군가를 잘라야 했다.

　당연히, 채나가 캔 프로에 들어오기 전의 상황이었다.

　"악수나 한 번씩 하자!"

"……."

신 과장 등이 굳은 얼굴로 악수를 했다.

털썩!

강 관장이 희미한 전등이 비추는 텅 빈 지하실 한복판에 주저앉았다.

신 과장과 허 감독, 염 실장이 조심스럽게 강 관장 주위에 모여 앉았다.

텅 빈 넓은 지하실에서 네 명의 사내가 모여 앉은 모습은 왠지 기괴했다.

"허 감독이나 염 실장은 나하고 피 한 방울 섞이지 않았지만 내 친동생이나 마찬가지다. 그 오랜 세월 동안 좆으로 밤을 까라면 깔 만큼 이 형을 따라줬지. 고맙다! 지금부터 이 형이 하는 말 잘 들어라. 오해 말고!"

"예! 형님 서슴없이 말씀하세요."

"형님하고 저희 사이에 무슨 오해가 있겠습니까?"

강 관장이 본론을 꺼냈다.

"니들도 알다시피 이제 우리 프로 복싱은 시한부 생명을 살아가는 환자하고 똑같다. 시간이 문제일 뿐 언젠가는 죽는… 어젯밤에 우리 직원들 머릿수를 세어 보니까 경리사원인 깡조은이까지 꼭 쉰두 명이더라!"

강 관장의 잇새로 씁쓸한 미소가 새어 나왔다.

"나도 알고 보니 중소기업 사장쯤 되더라구, 크크!"

"……"

"새끼들이? 너무 죽을상 짓지 마라. 형이 당장 굶어 죽어도 니들은 안 짜른다."

"후우—"

강 관장의 입에서 먼저 결론이 나왔고, 누군가의 입에서 안도의 한숨이 터졌다.

평생 배운 거라고는 주먹질밖에 없는 이들로서는 재취업이 쉽지 않은 상황이었다.

"권투계 현실이 그렇다는 거지 우린 아직 견딜 만해. 복싱 체육관과 헬스클럽에 등록된 회원만도 천 명이 넘으니까 인건비는 돼. 또 채나라는 삼신할머니가 백억짜리 이 건물까지 선사해 주셨잖아?"

강 관장이 오랫동안 생각을 해온 듯 거침없이 말을 이어갔다.

"하지만 캔 프로와는 이별이다. 오 코치나 최 트레이너 황 사범만으로도 애들을 충분히 가르칠 수 있어. 다이어트가 어쩌니 하면서 권투를 에어로빅으로 착각할 판인데, 씨불!"

"……"

"먼저 퇴직금부터 정산하자. 니들도 알다시피 여기 지하실은 고급식당가로 꾸며질 예정이다. 아까 신 과장이 말한 것처럼 이쪽은 165평이고, 저쪽은 150평이다. 이거 허 감독하고 염 실장 니들 이름으로 등기 내주마. 퇴직금 대신이야!"

"어이구 ! 형님."

"너무 많이 주시는 거 아닙니까?"

"자식들! 지금의 캔 프로가 있기까지 니들 지분도 꽤 된다. 그동안 고생한 대가로 충분하지는 않지만 부족하지도 않을 거다."

툭툭!

강 관장이 오른쪽 주먹으로 왼쪽 손바닥을 때리기 시작했다.

뭔가 심각한 결정을 할 때 나오는 특유의 버릇이었다.

"근데, 한쪽이 열다섯 평이 더 많아. 쪼개 가지고 똑같이 등기하는 것도 어렵대. 어쩔 수 없다. 둘이 가위바위보를 하든가 고스톱을 치든가 해서 나눠 가져. 그리고 니들이 갈 일자리도 마련해 놨다."

"……!"

"하나는 이 광명 채나빌 건물을 관리하는 관리실장 자리다. 연봉은 3천. 정년은 이 형이 늙어 죽을 때까지. 내가 죽고 나면 이 건물 주인이 깡조은이가 될 확률이 높다. 보나마나 깡조은이는 너희가 늙었다고 자를 테고!"

"으흐흐흐……"

일자리를 마련해 놨다는 강 관장의 말에 안심이 되는지 분위기가 많이 누그러졌다.

"또 하나는, 김 회장 경호팀원으로 들어가는 거다."

"김 회장 경호팀원요?!"

"김 회장이 경호팀을 조직합니까?"

"말세다! 천하의 김 회장이 누가 무서워서 경호팀을 만든대요, 관장님?"

"세상에 어떤 놈이 김 회장을 깰 수 있습니까? 그놈 좀 가르쳐 주십시오? 당장 찾아가서 사부님으로 모셔야겠습니다."

강 관장의 경호팀 얘기에 채나의 무술 실력을 잘 아는 신 과장 등이 아우성을 쳤다.

"김 회장이 직접 조직하는 게 아냐. 삼촌인 이 장군이 김 회장 엄마와 상의해서 하는 것 같더라."

"춧! 말 되네요. 지난번 서울 코리아 호텔 총기 사건도 있고!"

"부모 입장에서 자식 걱정 안 되는 사람이 어디 있겠냐? 아무리 김 회장이 날아오는 총알도 피하는 외계인이라 해도 지켜보는 부모 심정은 다르다."

강 관장이 채나 경호팀이 만들어지게 된 동기를 간단히 설명했다.

"이 장군이 인편을 통해 연락이 왔기에 떼를 썼어. 경호팀에 우리 쪽 사람이 들어가야 한다고. 그래야 김 회장하고 모든 관계가 유기적으로 돌아간다고."

"아… 예!"

"이 장군이 마지못해 한자리 내주더라. 연봉은 4천에서 5천!"

강 관장이 결론을 내렸다.

"자아! 이 자리에서 결정해라. 이 지하실 지분과 취직 자리까지!"

"파이트머니 한 번 대박이네요. 세계타이틀 매치 저리 가라군요 크큭큭!"

"이렇게 엄청난 파이트머니가 걸려 있는 게임을 고스톱이나 가위바위보로 결정할 수는 없죠!"

허 감독과 염 실장이 뭔가 결심한 듯 의미심장한 미소를 띠었다.

"그럼?"

"신 과장이 선심을 보고 형님이 주심을 보십시오."

"콕! 아주 좋습니다. 성룡이 형 말대로 복서답게 복싱으로 결판내죠. 승복하기도 좋고!"

"씨발 놈들 멋지다! 관중들이 없는 게 한이다."

강 관장이 지체없이 허락했고.

"관장님! 이 승부에 저도 참가하면 안 됩니까?

신 과장이 끼어들었다.

"왜 너도 끼고 싶냐?"

"예! 땀 냄새로 찌들은 체육관에서 인생을 죽이기보다 김 회장 따라 세계 각국을 여행하면서 인간답게 살아봐야겠습니다. 흑마 백마도 좀 타보고 흐흐흐!"

"좋아! 그럼 셋이 돌림빵으로 간다."

강 관장이 벌떡 일어났다.

완타치는 토너먼트, 돌림빵은 리그전을 뜻하는 속어다.

아웃복서의 교과서.

학사 복서.

살인주먹.

이 세 명의 전직 프로복싱 선수들이 광명 채나빌 지하실에서 돌림빵으로 붙었다.

그 결과……

대 허준모 1회전 37초 TKO 승.

대 신하식 1회전 18초 TKO 승.

사신 염성룡이 초간단하게 합계 2승을 거두고 최초의 채나 공식 스태프가 됐다.

3장
경호팀장 모집

"무슨 겨울에 비가 이렇게 많이 오나?"

육군 예비역 중사 모영각은 진달래아파트 후문 경비 초소에서 동료 경비원과 교대를 한 뒤 하늘을 바라보며 중얼거렸다.

쏴아아아!

정말 겨울비치고는 너무 많이 쏟아졌다.

막 아침 일곱 시가 지났건만 흡사 밤 여덟 시나 된 것처럼 잔뜩 어두워져 있었고 조금씩 굵어지던 빗방울이 이제는 큼직한 장대비로 변해 마구 내리꽂혔다.

겨울에 비가 내려서 그럴까?

모 중사는 오늘따라 유난히 기분이 꿀꿀했다.

"그렇구만! 오늘이 육군 교도소에서 나온 지 꼭 삼 년째 되는 날이야."

모 중사가 보통 사람은 쉽게 이해가 안 되는 말을 읊조리며 허름한 우산을 펼쳐 들었다.

미친놈!

지 생일도 기억 못하는 놈이 교도소에서 나온 날은 뭘 그렇게 잘 기억한대?

괜찮아. 뭔가 기억하고 있다는 것은 좋은 일이니까!

근데 교도소에서 출소한 기념일은 어떻게 축하해야 하는 거여?

이 아파트 경비 초소에 태극기라도 걸어야 하나?

아니면 케이크에 촛불을 켜고 교도소 출소 동기 녀석들과 노래를 부르고 소주라도 한잔해야 하는겨?

넘어가자! 겨우 반지하 월세방에 사는 놈이 뭔 교도소 출소 기념일이여?

지나가는 똥개가 웃겠다.

모영각 예비역 육군 중사는 살인과 명령불복종으로 군법회의에서 징역 15년을 언도받고 육군 교도소에 수감된 후 팔 년 만에 대통령 특사로 출소했다.

모 중사가 쓴웃음을 머금으며 우산을 든 채 아파트에서 백 미터쯤 떨어진 제법 큰 레코드 가게를 향해 빠르게 걸어갔다.

〈김채나 CD. MV. 테이프 완전품절. 단 한 장도 없음. 문의 사절!〉

"흐흐흐! 얼마나 많은 사람이 물어 봤으면 저렇게 써 붙였을까?"

모 중사가 레코드 가게 앞에 써 붙인 안내문을 보고 고개를 저으며 돌아 서다가,

"그래도 테이프가 언제쯤 나올지는 알겠지!"

다시 몸을 돌려 레코드 가게로 들어갔다.

"글쎄! 우리도 몰라요. 김채나 CD 팔아먹던 총판들끼리 칼부림까지 하고 난리가 났다고 뉴스에 나왔잖아요? 아마 한참 걸릴 거예요."

"어머머머! 칼부림을 해요?"

"세, 세상에? 무슨 장사꾼들끼리 칼을 휘둘러요 깡패도 아니고!"

"아가씨는요 잠! 칼부림이 대수예요? 현재 김채나 스페셜 앨범이 한국에서만 2,000만 장이 넘게 팔렸대요. 그럼 정규 앨범이 나오면 얼마나 많이 팔리겠어요? 서울지역 판권 하나만 따도 몇 억은 간단히 먹는 거예요. 그러니까 대가리 터지

죠, 뭐! 그렇다고 장사가 힘들길 해 더럽길 해? 배달만 해주고 큰소리 빵빵치면서 돈만 세면 되는데!"

이십대 아가씨 두 명과 레코드 가게 주인아줌마가 마치 칼부림을 목격한 듯 호들갑을 떨었다.

"아휴— 왕재수 새끼들."

"하여튼 세상 찝찝해. 노래는 교주님이 불렀는데 돈은 왜 개새끼들이 먹는 거야?"

"맞아요! 처먹으려면 조용히 처먹든가 왜 싸우고 지랄이래요? CD도 못 팔아먹게."

주인아줌마는 모 중사는 쳐다보지도 않고 심심한데 잘됐다는 듯 아가씨들을 붙잡고 폭풍 수다를 시작했다.

"저어, 아주머니! 그럼 김채나 CD나 테이프 구하려면 어떻게 해야 됩니까?"

모 중사가 더 이상 참지 못하고 끼어들었다.

"인터넷에 들어가 여기저기 뒤져 보세요. 정품은 15만 원씩 거래되더라고요."

"시, 십오만 원요?? CD 한 장예요?"

모 중사와 아가씨들이 일제히 합창했다.

"우리도 약 올라 죽겠어요. 엊그제 사정사정해서 겨우 삼백 장 받았는데 한 시간 만에 동났었어요. 하루만 늦게 풀었어도 떼돈 버는 건데 어휴 진짜—"

"씨이이… 큰일 났네!"

"짝퉁도 많다고 하던데 짝퉁은 어디 가서 사요, 아줌마?"

아가씨 하나가 인상을 찌푸리며 물었다.

"뭐 청계천 가면 있겠죠! 세운상가 쪽에 가면 많이 돌아다 닌대요."

"여긴 없습니까?"

"있긴 있지만 우리 건 좀 비싸요. 음질은 괜찮은데… 뭐 사 시려면 지금 사세요. 짝퉁도 몇 장 남지 않았어요."

"얼마예요, 아줌마?"

"테이프는 한 장에 만 원이구요, CD는 한 장에 2만 원이예 요."

"어머머머! 짝퉁도 그렇게 비싸요?"

"진짜!? 진퉁 세 장 값이야."

"금방 말씀 드렸잖아요! 김채나에 관련된 물건은 CD고 비 디오고 정품이고 비품이고 모조리 품절이에요. 없어서 못 판 다니까요."

주인아줌마가 대꾸하기 귀찮다는 듯 핏대를 올렸다.

결국, 아가씨들은 정품보다 세 배에서 다섯 배까지 비싼 김 채나 스페셜 앨범 해적판 CD를 한 장씩 사고 모 중사는 카셋 트 테이프 한 장을 샀다.

이들은 이미 김채나 목소리라는 강력한 마약에 중독돼 있었기에 퀄리티를 따질 처지가 아니었다.

일단 저질이든 양질이든 어떤 약이라도 복용하고 금단증상에서 빨리 벗어나야만 했다.

귓속에서 끊임없이 환청이 들려왔기 때문이다.

모 중사가 김채나 스페셜 앨범 녹음테이프 해적판을 살펴보면서 눈을 껌뻑거렸다.

테이프는 흰 종이로 포장이 돼 있었다.

재미있게도 누군가 볼펜으로 '김채나 히트곡 모음 1. 히어로, 2. 디어 마이 프랜드, 3. 거꾸로 흐르는 강물을 따라, 4. 끝없는 사랑' 이렇게 써 놓았다.

"짝퉁은 제목도 손 글씨로 쓰나?"

모 중사가 고개를 갸우뚱하며 포장지를 풀었다.

실제로 우리나라에서는 8, 90년대까지 레코드 가게나 노점에서 해적판 음반이나 녹음테이프들을 벌건 대낮에 대놓고 팔았다.

테이프를 간단하게 복사를 해서 흰 종이로 포장을 한 뒤 제목을 볼펜이나 연필로 써서 손님들에게 건네줬다.

그 노래를 만든 작곡가나 노래를 부른 가수들은 짧게는 몇 개월 길게는 몇 년 동안 피를 토하면서 작업을 했건만 누구도 신경 쓰지 않았다.

저작권이니 지적소유권이니 하는 말들은 아주 먼 나라 얘기였고 당국에서도 소 닭 보듯 했다.

실은, 모 중사도 머리털 나고 처음으로 어떤 가수의 녹음테이프를 사봤다.

비록 해적판이었지만.

지금 듣고 있는 김채나 테이프도 라디오에서 나오는 것을 본인이 공 테이프를 사다가 직접 녹음을 했던 것이다.

모 중사가 우산을 접은 후 비가 들이치지 않는 문방구의 처마 밑으로 들어가 허름한 가방에서 일제 소니 워크맨 휴대용 녹음기를 꺼내 김채나 노래 테이프를 끼워 넣었다.

이 워크맨은 모 중사가 큰마음 먹고 12개월 할부로 샀다.

CD플레이어를 살까 망설이다가 CD 쪽은 손에 익지 않아서 워크맨을 산 것이다.

모 중사가 재빨리 이어폰을 귀에 끼었다.

헤드폰을 사용하면 듣기에 훨씬 좋다는 것을 알지만 왠지 사람들 눈치가 보였다.

물론 헤드폰을 사용한다고 해서 아무도 모 중사에게 뭐라고 하지는 않겠지만……

내일모레 육십인 모 중사 세대들이 느끼는 어쩔 수 없는 감성이었다.

"뭐야? 짝퉁이라고 하더니 이렇게 음이 좋아?"

모 중사는 깜짝 놀랐다.

라디오에서 나오는 김채나 노래를 녹음한 테이프하고는
음질이 천지 차이였다.

DBS 공개홀에서 앉아 라이브로 들었던 김채나 목소리하곤
많이 틀렸지만 그래도 이 정도면 만족할 만했다.

아무리 짝퉁 녹음테이프라 하더라도 전문가가 방음이 잘
된 녹음실에서 제법 공을 들여 작업한다.

*걱정하지 마. 너는 아무 잘못도 없어 그냥 그렇게 살아가면
돼.*

정말 걱정이 되면 네 가슴속에 있는 친구에게 물어봐.

*그건 실수였다고 말하잖아. 오늘도 어제처럼 살아가라고 말
하잖아.*

*그 오랜 세월 동안 흐르던 강물도 때로는 거꾸로 흐를 때가
있어.*

넌 고작 몇 년을 살아왔니? 그건 실수였다구, 실수!

"푸후―"

모 중사가 채나가 부른 〈거꾸로 흐르는 강물을 따라〉라는
노래의 일절이 채 끝나기도 전에 한숨을 길게 내쉬며 이어폰
을 뺐다.

"도대체 사람의 목소리가 어떻게 이렇게 좋을 수가 있지?

어떻게 이렇게 좋냐구?"

모 중사가 비가 내리는 하늘을 멍하니 쳐다보다가 다시 이어폰을 꼈다.

걱정하지 마. 너는 아무 잘못도 없어. 그냥 행복하게 살아가.

네가 원했던 그 꿈을 찾아서 그냥 행복하게 살아가.

가슴속 깊이 감춰 뒀던 네 친구와 함께 날개를 활짝 펴고 살아가.

네가 품었던 네가 희망했던 그 세상 속으로 날아가 힘차게 날아가.

그 오랜 세월 동안 흐르던 강물도 때로는 거꾸로 흐를 때가 있어.

빌보드 차트 1위를 8주간 점령했던 전형적인 락 발라드 풍의 노래로서 조금은 비트가 느려서 따라 부르기에 좋았다.

하지만 문제는 클라이맥스 부분인 '그냥 행복하게 살아가' 하는 대목이었다.

마치 저 하늘 위로 날아가는 희망을 잡아채듯 절규했다.

몇 옥타브인지 가늠조차 안 될 정도의 하이노트로 끌어 올렸다.

대부분의 팬은 그곳에서 열광을 했지만 혼자 부를 때는 사분의 일쯤 피치를 낮춰 부르곤 했다.

모조리 삑싸리가 났고!

모든 세대의 남성들이 광적으로 좋아하는 노래였다.

예외 없이 모 중사도 이 노래를 좋아했고 역시 클라이맥스 부분에서 삑싸리가 났다.

"걱정하지 마. 너는 아무 잘못도 없어. 그냥 행복하게 살아가. 네가 원했던 그 꿈을 찾아서 그냥 행복하게 살아가!"

모 중사는 삑싸리 따위는 개의치 않았다.

이어폰을 낀 채 정말 되지도 않는 목소리로 음정과 박자를 깡그리 무시한 채 열심히 따라 불렀다.

"그건 실수였다구 말하잖아. 오늘도 어제처럼 살아가라고 말하잖아. 그 오랜 세월 동안 흐르던 강물도 때로는 거꾸로 흐를 때가 있어. 거꾸로 흐를 때가 이… 있어!"

끝내, 모 중사가 눈물을 글썽였다.

"……!"

곧바로 모 중사가 주위를 살피면서 급히 눈물을 훔치고 이어폰을 뺏다.

벌써 몇 번째 이 노래를 듣고 눈물을 흘리는지 셀 수가 없었다.

채나가 〈우스타〉에 첫 번째 출연한 날.

모 중사는 아파트 경비실 텔레비전에서 〈히어로〉를 부르는 채나를 만났다.

그저 입을 쩍 벌리고 아무 말도 할 수가 없었다.

너무도 큰 충격이었다.

도무지 믿어지지 않았다.

지금까지 모 중사는 우리나라에 가수는 가왕 최영필밖에 없는 줄 알았다.

반세기를 훨씬 넘어 살아오면서 아는 노래라고는 애국가 하고 최영필의 노래 몇 곡밖에 없었다.

한데, 내일모레 환갑을 앞두고 채나의 노래를 딱 일 소절 들었을 때 세상에 이런 목소리를 가진 가수가 다 있나 하고 현기증을 느꼈다.

이후 모 중사는 채나교의 광신도 대열에 합류했고 허겁지겁 방송사에 문의를 해서 아주 운 좋게 관객 평가단이 되었다.

덕분에 DBS 대공개 홀에 가서 채나가 노래 부르는 것을 아주 가까운 거리에서 직접 듣고 볼 수 있었다.

그날, 채나는 라이브로 이 노래 〈거꾸로 흐르는 강물을 따라〉를 불렀다.

모 중사는 채나의 노래를 들으며 미친놈처럼 엉엉 울었다.

분명히 자신에게 불러주는 노래였다.

채나의 노래를 들으면서 군에서 복무할 때 비밀 작전에 투입되어 행했던 일련의 일이 마치 연속극 재방송을 보듯 그려졌다.

모 중사는 패닉 현상을 일으켜 병원에 실려 가는 도중 결심했다.

수천 년 동안 흐르는 강물도 때로는 거꾸로 흐를 때가 있다.

하물며 겨우 오십 년을 넘게 산 인간이야 당연히 실수를 할 수 있다.

다시 한 번 열심히 살아보자 이렇게!

채나는 모 중사로 하여금 재생의 길을 가게 도와준 은인이었다.

"흐흐흐! 정말 신기하다. 이 모영각이가 이렇게 센티멘탈한 사람이었나? 수십 명의 동료가 죽어갈 때도 전혀 슬픔을 느끼지 못했던 내가?"

눈물인지 빗물인지 모를 물들로 얼굴을 흠뻑 적신 모 중사가 서울 봉천동에 있는 집에 도착했다.

뒤이어 마치 기도하는 심정으로 깨끗하게 샤워를 하고 폴더형 휴대폰을 조심스럽게 살폈다.

역시 있다!

경호팀장 모집.

자격 : 만 사십 세 이상의 대한민국 국민으로서 특수부대에서 이십 년 이상 복무한 자.

대우 : 연봉 7천만 원 이상. 소정의 활동비, 숙소, 컴퓨터, 휴대폰, 자동차등 제공.

기타 자세한 것은 아래 전화번호로 문의 요망.

"연봉 7천만 원 이상에 활동비와 숙소. 컴퓨터에 휴대폰 자동차까지 제공해? 어이구!"

친구가 보내준 메시지를 읽던 모 중사의 입에서 탄성이 튀어나왔다.

놀라움에서 나온 반응이었다.

모 중사가 여의도 진달래아파트에서 경비 반장을 하면서 받는 월급이 반장 수당까지 포함해 70만 원쯤 됐다.

아파트에서 무제한으로 제공해 주는 것은 관리소장과 동대표

부녀회장 등이 퍼붓는 잔소리였고.

자동차까지 제공해 주는… 연봉 1억 원이 넘는 파격적인 내우 있다.

우리나라의 내로라하는 대기업 간부들과 맞먹는 보수였다.

하늘이 두 쪽 나도 들어가야 한다.

모 중사는 보수도 보수였지만 만 사십 세 이상 특수부대 이십 년 이상 복무한 자라는 자격 요건이 너무 마음에 들었다.

사십 세 이하가 아니라 이상이라고 못 박은 것은 젊은 사람보다는 사회경험이 많고 경력이 풍부한 자를 뽑겠다는 뜻이 분명했다.

거기에 어떤 구인 광고든 꼭 따라 붙는 남녀구분이 없었고 고졸이니 대졸이니 하는 학력에 관한 조건이 없는 것도 너무 좋았다.

전역 후 몇 년 동안 구직 활동을 해본 모 중사의 경험상 이런 류의 구인광고는 십중팔구 피라미드 다단계 같은 사기꾼들이 약을 발라서 던지는 낚시였다.

처음엔 얼마나 황당하고 열을 받았는지!

하지만 그 네다바이꾼들도 특수부대 이십 년 이상 복무 경력을 원하지는 않았다.

대한민국 특수부대에서 책이나 건강식품, 의료기기 등을 파는 방법을 배우는 것은 아니었기 때문이다.

모 중사는 휴대폰을 품속에 넣고 라면을 끓여 대충 허기를 때운 후 급히 집을 나섰다.

언제나처럼 약속 장소인 영등포까지 걸어갔다.

다른 사람들에게는 아주 먼 거리였지만 젊은 시절 산악 행군을 밥 먹듯 한 모 중사에게는 운동하기에 딱 좋은 거리였다.

오랜만에 영등포에서 친구들인 김준후, 정재상 예비역 준위를 만나기로 했다.

김 준위와 정 준위는 소위 HID 부대. 북파공작원 부대, 국군특수임무수행자 부대, 그림자 부대, 설악산 부대 등 수많은 이름으로 불리는 이 특수부대 예비역 모임에서 간부를 맡고 있어서 여러 가지 정보에 밝았다.

이 경호팀장 모집 메시지도 김 준위가 모 중사에게 쐈줬다.

분명히 이 경호팀장 건에 관해서 자세히 알고 있을 것이다.

꼭 만나봐야 한다.

"씨발! 그건 때문에 선배 후배 할 것 없이 난리다, 난리! 평소에 전화 한 통 없던 개새끼들까지 연락이 오고!"

영등포시장 뒷골목의 허름한 막걸리 집에서 만난 김 준위는 경호팀장 건에 대해 모 중사가 운을 떼자마자 대뜸 육두문자를 날렸다.

며칠 전부터 꽤나 시달렸던 것이다.

"그렇잖아도 오늘 얘기하려고 했는데 마침 잘됐다. 너도 면접 한번 봐봐. 밑져야 본전이잖아. 확실한 건이야, 임마!"

"그래! 소문에는 이 양반이 대가리래."

"너랑 옛날에 같이 일한 적도 있었잖아?"

더불어 정 준위까지 기다렸다는 듯 말을 쏟아냈다.

모 중사의 이마가 좁혀졌다.

김 준위가 엄지를 치켜들며 대가리라고 말하는 사람이 누군지 헛갈렸기 때문이다.

"누구? 경기물산 박 사장?"

"아니, 신영그룹 이 사장 말야."

"……!"

모 중사는 깜짝 놀랐다.

신영그룹 이 사장은 국군기무사령관 이진관 중장을 가리키는 음어였다.

"그 양반… 아직 회사에서 근무하고 있을 텐데 무슨 개인 경호원을 뽑아? 부하 직원들이 수만인데?"

"어후, 멍청한 새끼―"

"넌 씨발! 신문도 안 보고 텔레비도 안 보냐, 씹쌔꺄? 아파트 경비원이 그렇게 바빠?"

김 준위와 정 준위가 욕을 큰 함지박으로 퍼부었다.

"그 양반 조카가 유명한 연예인이잖아? 세계적인 슈퍼스타 김채나 몰라?!"

"우리 동네에서는 개들도 쨰나 쨰나하면서 짖는다, 병신아!"

"……!"

모 중사는 친구인 박 준위와 정 준위에게 욕을 먹고서야 상황을 파악했다.

부르르르…….

그리고 여진처럼 번지는 무서운 충격이 전신을 뒤흔들었다.

이게 어떻게 된 일이지?

우연이라기에는 너무 신기했다.

자신이 지난 몇 개월 동안 푹 빠져서 살았던 가수 김채나의 경호팀장이라니?

이제 모 중사는 모든 상황을 파악했다.

이십대 초반의 아가씨가 뭘 안다고 경호원을 뽑겠는가?

부모님이 안 계시면 삼촌이라도 나서서 사람을 구해줘야 한다.

대한민국 건국 이래 최고의 슈퍼스타라는데 당연히 개인 경호원이 필요하겠지!

지난번 서울 코리아 호텔에서 총기 사건이 있었던 것처럼 언제, 어떤 놈이 해코지를 할지 아무도 모른다.

또, 아무리 현역 군인인 국군기무사령관 신분이라고 해도 조카 경호원을 구해주는 게 헌법이나 군법에 어긋나는 일은 아니다.

어쩌면 훈장을 줘야 할지도 모르지.

직장을 구하지 못해서 놀고 있는 예비역 군인들을 취업시켜준 공로를 감안해 말이다.

확실히 말이 됐다.

돈은 조카가 대고, 사람은 특수부대에 근무 중인 삼촌이 구해주고!

"씨발! 확실히 요즘 취직하기가 어려운 모양이다. 나한테 전통 떨어진 지 겨우 이틀밖에 안 됐는데 이 사장 머리통이 뽀개진대! 해병대, 특전사 UDT, UDU, 기무사정보사 너도나도 경호팀장 하겠다고 지랄이래."

"우리나라에 특수부대가 좀 많은가? 그 양반 회사를 다니다가 명퇴한 작자도 수백 명일 텐데… 부탁이 얼마나 많이 들어오겠어."

"큭! 백 대 일쯤 될 거란다."

"쩝쩝! 난 면접을 보나마나겠네."

"지옥을 밥 처먹듯 넘나든 새끼가 지금 무슨 말을 하는 거야?"

"씨발 놈아! 니가 면접 보러 가면 이 사장이 똑딱이로 쏴 죽인대던?"

"새끼가 빵살 좀 끼더니 완전 또라이가 됐어."

"뒈질 때까지 아파트 경비원만 할래? 개좆 까는 소리 하지 말고 내일 아침에 가다마이 입고 가봐."

"어떻게든 돈을 모아서 억울하게 빵 살이 한 거 풀어야지 병신 새꺄!"

"……."

*   *   *

모 중사는 세상을 살면서 이렇게 긴장을 한 적이 없었다.

월남의 정글 속에서도 휴전선을 몇 번씩 넘나들 때도!

올해 쉰여덟, 내일모레면 환갑이었다.

아무리 나이 제한을 두지 않았다고 해도 할아버지가 경호팀장을 하겠다고 나서면 그쪽에서 얼마나 비웃을까?

이런 망상들이 일주일 내내 모 중사를 괴롭혔다.

하지만 억울한 빵 살이라는 친구의 말에 속이 끓어서 오늘 아침 일찍 이발관에 가서 이발과 염색을 하고 이력서 등 서류를 챙겨들고 집을 나섰다.

면접이 오전 아홉 시부터였다.

오전 여덟 시가 조금 넘어서 면접 장소에 도착했다.

미모의 이십대 아가씨 두 명이 서류를 접수받고 있는 응접실에는 벌써 이십여 명이 조용히 앉아 있었다.

"어서 오세요, 선생님! 이쪽으로 오셔서 접수하시면 돼요. 서류는 저 주시구요."

아가씨가 미소를 띠며 친절하게 말을 붙여오자 모 중사는 적이 안심이 되었다.

지금까지 취업하기 위해 다녀본 회사들 어디에서도 선생님이란 말을 사용하는 데는 없었다.

"이거 받으세요, 선생님! 이 건물 일 층에 있는 한 식당 식권이에요. 면접 끝내고 가실 때 식사하고 가세요. 삼만 원짜리 식권이니까 삼만 원 한도 내에서 뭐든지 드실 수 있어요."

"만약 삼만 원어치 못 드시면 돈으로 환불해 주실 거예요. 호호호!"

"……!"

"그리고 이거 확인해 보세요, 교통비예요. 삼십만 원이거든요."

아가씨가 봉투를 내밀자 모 중사가 얼떨결에 봉투를 열어 돈을 세었다.

빳빳한 만 원짜리 삼십 장이었다.

"확인하셨으면 여기 영수증에 사인 좀 해주세요. 선생님!"

"저, 저기 이 식권과 돈을 제게 주시는 겁니까, 아가씨?"

"네! 오시느라고 고생하셨다고 경비에 보태시라고 회장님께서 주시는 거예요."

"아, 예예! 고맙습니다. 아주 긴하게 쓰겠습니다."

모 중사가 영수증에 서명을 하면서 손을 덜덜 떨었다.

돈 때문이 아니었다.

생전 처음 인간 대우를 받았다는 생각이 들었기 때문이다.

세상이란 게 이렇다.

아파트 경비원을 해보겠다구 용역 회사를 찾아갔을 때는 반 양아치 같은 직원 놈들이 사무실 한쪽 구석에서 포커를 치면서 쳐다보지도 않았다.

삼십 분쯤이나 비루먹은 똥개처럼 사무실 구석에 앉아 기다리다가 비굴한 얼굴로 용건을 얘기했다.

한데, 세계적인 스타의 경호팀장을 해보겠다고 찾아왔더니 대뜸 삼만 원짜리 식권에 교통비로 삼십만 원을 줬다.

미모의 아가씨들이 친절하게 맞아주면서.

필시 김채나라는 아가씨가 역전의 용사들이라고 대우를 해주는 것이리라.

삼촌이 현역 군인이니 예비역 군인들의 사정을 어느 정도 알 테니까!

문득 모 중사가 응접실에 앉아 있는 사람들을 쳐다봤다.

하나같이 모 중사와 똑같은 생각을 하는 것 같았다.

신기하게도 눈에 익은 얼굴들이 열 명 가까이나 됐다.

오래전에 특수부대들 합동 훈련을 할 때 만났던 친구들이었다.

피식!

갑자기 모 중사는 자괴감을 느끼며 실소를 머금었다.

아는 얼굴들 중 자신의 계급이 가장 낮았다.

더욱이 저들은 모두 명예롭게 전역을 한 친구들이었다.

자신처럼 교도소에서 군 생활을 마감하지는 않았다.

"환대 고마웠소, 아가씨! 내 집에 급한 일이 생겨서 먼저 가 봐야겠소."

턱!

모 중사가 식권과 교통비가 든 봉투를 아가씨들 앞에 내려 놓았다.

그리고 몸을 돌려 응접실을 걸어 나왔다.

"팔 년씩이나 빵에 있었던 놈이 무슨 김채나 같은 슈퍼스 타의 경호원을 한답시고 양심도 없구만. 큭큭큭……."

모 중사가 답답한 듯 넥타이를 풀어 헤치며 지독히도 쓰디 쓴 웃음을 흘리며 거리를 걸어갔다.

"선생님! 선생님!"

"……!"

다급하게 외치는 목소리에 모 중사가 반사적으로 뒤를 돌아봤다.

방금 전 면접 장소에 있던 아가씨 중 한 명이었다.

"무슨 일이오? 아가씨!"

"헉헉! 이건 가지고 가셔야 돼요. 회장님께서 접수하신 분 들은 한 분도 빼놓지 말고 꼭 챙겨 드리라고 하셨어요. 그냥 가시면 저희가 혼나요!"

아가씨가 난감한 표정으로 식권과 돈 봉투를 내밀었다.

"미안하오, 내가 몰랐소. 김 회장님께 꼭 고맙다는 인사 전해 주시오."

"네, 그럼! 안녕히 가세요."

모 중사가 돈 봉투를 받자 아가씨가 공손히 인사를 한 뒤 아까 뛰어왔던 그 길을 다시 뛰어갔다.

"흐흐! 그래, 김채나 회장님! 이 모영각이가 죽을 때까지 팬이 되리다. 좀 늙고 추하지만 말이외다."

거리에 다시 비가 내리고 있었다.

겨울비치고는 정말 너무 많이 내렸다.

"그건 실수였다고. 오늘도 어제처럼 살아가라고 말하잖아. 그 오랜 세월 동안 흐르던 강물도 때로는 거꾸로 흐를 때가 있어. 거꾸로 흐를 때가 있어… 있어!"

모 중사가 비가 내리는 골목길을 아침에 면접을 보기 위해서 입었던 와이셔츠를 풀어 젖히고 여전히 음정 박자를 무시한 채 〈거꾸로 흐르는 강물을 따라〉를 부르며 비틀비틀 걸어갔다.

퀴퀴한 지린내가 풍기는 뒷골목이었다.

밤이 오래된 듯 인기척이 전혀 없었고 빗소리와 함께 모 중사의 돼지 멱따는 음성만이 골목을 울렸다.

반짝!

어두운 골목 저편에서 한줄기 불빛이 다가왔다.

"……!"

모 중사가 움찔했다.

탁탁!

한순간 모 중사의 뒤에서 발자국 소리가 들렸다.

다르다.

평소에 나를 따라다니던 놈들 발자국 소리가 아니야.

내가 이래서 술을 먹지 않는데… 실수다.

어느 쪽으로 튀어야지? 좌측? 우측?

모 중사가 잠깐 망설였다.

주춤 몸을 돌려 비호처럼 골목을 뛰어갔다.

모 중사는 오랫동안 특수부대원으로 활동하면서 못 볼 꼴을 너무 많이 봤기에 모처로부터 감시를 받고 있었다.

청재킷을 걸치고 운동화를 신은 삼십대 사내가 모 중사를 막아섰다.

번쩍!

모 중사가 즉각 오른손을 휘둘렀다.

청재킷의 사내가 몸을 돌려 피했지만 이미 늦었다

새파란 빛이 사내의 가슴을 스치며 지나갔다.

하지만, 모 중사도 왼쪽에서 다가 선 사내의 손을 피하진 못했다.

"버려, 칼!"

오리털 점퍼를 걸친 사내가 무표정한 얼굴로 모 중사의 옆 구리 깊숙이 손을 묻은 채 말을 뱉었다.

'우지다!'

모 중사의 오른손에서 날이 새파랗게 선 칼이 바닥에 떨어 졌다.

동시에 골목 사방에서 네 명의 사내가 모 중사를 포위한 채 다가왔다.

'이놈들 정체가 뭐지? 대한민국에서 이스라엘 제 우지 기 관단총을 품고 다닐 정도라면 대통령 경호원쯤 돼야 할 텐 데?'

꽈직!

청재킷을 걸친 사내가 신경질적으로 모 중사의 손에서 떨 어진 칼을 밟았다.

"씨발, 영감탱이야! 이 청카바 어쩔겨? ㅁ 처럼 마음먹고 ㅂ 너스 받아서 산 지 사흘도 안 된 거야. 명동 매장에서 산 리바 이스야! 명품 리바이스!"

청재킷 사내가 칼날에 베어져 펄럭이는 청재킷 조각을 흔 들며 소리쳤다.

"미안하네. 난 분명히 자네 목의 경동맥을 노렸는데 실수했네."

모 중사는 비웃듯 대답했다.

경동맥은 심장에서 대뇌로 혈액을 공급하는 중요한 혈관이다.

경동맥이 베어지면 인체에 심각한 증상을 초래한다.

"재수 없는 영감탱이! 그렇게 오랫동안 빵에 있었으면서도 칼 솜씨는 녹슬지 않았어."

"흐흐, 많이 녹슬었지! 빵에 들어가기 전이었다면 자네들 중 셋은 내 칼 밥이 됐을 거야."

"짬밥 통도 여전히 살아 있고!"

청재킷 사내가 담담한 표정으로 모 중사의 품을 재빨리 뒤졌다.

'이놈들 군인이다. 나랑 같은 과야. 고도의 살인술을 연마한 놈들! 여러 말을 지껄이면서도 눈동자는 전혀 흔들리지 않고 나를 주시한다.'

모 중사가 눈을 빛냈고.

"확실하네! 이 영감이 분명히 면접 장소에 왔었구만!"

청재킷 사내가 아침에 면접 장소에서 아가씨가 모 중사에게 줬던 돈 봉투를 살펴봤다.

"갔었네. 십 원도 쓰지 않았으니까 돈 봉투를 노리고 왔다면 가져가게."

"진짜 졸라 재수 없는 영감일세. 당신 보기엔 우리가 강도 나 퍽치기로 보여?"

청재킷의 사내가 오리털 점퍼에게 턱짓을 했다.

오리털 점퍼가 재빨리 모 중사의 옆구리에서 총을 뗐다.

"잠깐 같이 가자고! 윗분이 당신께 할 말이 있으시대."

"그러자고! 나야 가진 게 시간뿐이니까."

모 중사는 청재킷 사내의 말을 듣고 일단 안심이 됐다.

자신을 노리는 적이 아니었다.

면접 장소가 어쩌고 하는 걸로 미뤄 이진관 장군과 관련이 있는 자들이 분명했다.

"거참! 재미있는 영감이야. 면접 장소까지 왔으면서 왜 그 냥 간 거야?"

"창피했네! 먼 길을 왔다고 교통비까지 주는 고매한 분을 빵에서 팔 년씩이나 보낸 내가 감히 경호를 하겠다고 면접을 보러갔으니 말일세."

"…그래서 좋아하지 않는 술을 다 드신 거요?"

청재킷 사내의 말투가 존대로 바뀌었다.

"속상했네! 아무 잘못도 없이 빵 살이를 하고 그것이 원인 되어 내가 생전 처음 하고 싶었던 일을 찾았는데… 그걸 못 한다는 게 너무 억울했어."

"주책이 만발했구려! 곧 흙냄새를 맡을 영감이 여자 연예인이나 좋아하니 말유?"

"내가 생각해도 내가 맛이 갔어. 하지만 뭐 어쩌겠어. 너무 좋은걸!"

"킥킥… 정말 채나라는 계집애가 사람 많이 잡아. 코흘리개부터 늙은이까지."

순간, 모 중사가 살기를 띠며 청재킷의 사내를 쳐다봤다.

"왜 영감이 존경하는 김채나를 욕하니까 기분 나쁘오?"

"그 아가씨가 술을 사달라고 했나? 아니면 돈을 뜯어 갔나."

"우리 아버지하고 똑같은 말을 하네. 이해하쇼! 계집애는 큰 욕이 아니니까."

"알았네. 자네 윗분이 있는 곳은 멀었나?"

"다 왔소. 한데 영감! 진짜 김채나 욕하는 건 영감이라는 거 아쇼?

"무슨 말인가?"

"아까 영감이 부르던 그 〈거꾸로 흐르는 강물을 따라〉라는 그 노래! 그 노래를 그렇게 부르면 어쩌자는 거요? 만약 김채나가 길거리에서 나하고 영감을 동시에 만났다면 욕한 나보다 영감 뺨을 먼저 날렸을 거요. 자기 노래를 망쳤다구!"

"으ㅎㅎㅎ"

오리털 점퍼 등이 낄낄댔다.

"흐흐! 인정하기 싫지만 자네 말이 맞네. 원래 내가 음치거든."

"그 노래는 우리 같은 사람들이 김채나를 따라 원키로 부르는 것은 불가능해. 한 키에서 두 키쯤 낮춰 불러야 자연스러워. 들어보쇼!"

"……!"

"걱정하지 마. 너는 아무 잘못도 없어. 그냥 행복하게 살아가. 네가 원했던 그 꿈을 찾아서 그냥 행복하게 살아가. 가슴 속 깊이 감춰뒀던 네 친구와 함께 날개를 활짝 펴고 살아가. 네가 품었던 네가 희망했던 그 세상 속으로 날아가 힘차게 날아가!"

청재킷 사내가 비가 내리는 골목을 걸어가며 키를 낮춰서 아주 자연스럽게 채나가 부른 〈거꾸로 흐르는 강물을 따라〉를 부르기 시작했다.

"특히 이 하이라이트 부문. '그냥 행복하게 살아가' 여기서 김채나처럼 초고음으로 때리려면 김채나 빼고 대한민국 국민 모두 아웃이오!"

청재킷 사내가 노래를 부르며 진진하게 보컬 레슨을 했다.

"큭큭! 김채나 광팬들끼리 만나니까 진짜 재밌네."

"하하! 어떻게 저렇게 열심히 노래를 불러주고 또 저렇게

진지하게 듣지?"

오리털 점퍼 등이 신기한 듯 눈을 껌뻑거렸다.

"여기서는 완전히 두 키를 낮춰서……."

"흐흐흐! 자네도 채나교도였구먼."

"훗! 난 복무기간이 십칠 년밖에 안 돼서 면접을 못 봤소. 아니면 지금쯤 내가 김채나 경호팀장 노릇을 하고 있었을 거요. 저기 마이웨이 호텔 709호요! 다음에 만나면 내 청카바 사주쇼. 보컬 트레이닝 비도 주고!"

"꼭 기억하겠네."

청재킷의 사내가 미소를 띤 채 손을 흔들며 사라졌다.

모 중사가 저편 호텔을 향해 성큼성큼 걸어갔다.

*   *   *

"이경희라는 여자를 기억할 수 있겠소?"

채나의 외삼촌인 이진관 국군기무사령관이 뒷짐을 진 채 서서 묵직하게 입을 열었다.

"물론이오!"

카키색 소파에 앉아 있던 모 중사가 노타임으로 대답했다.

"아주 오래전에 만났던 것으로 아는데 그것도 딱 한 번! 한데 어떻게 기다렸다는 듯 대답이 나옵니까?

"내가 알고 있는 세 명의 여자 중에 한 명이기 때문이오."

"세 명의 여자 중에 한 명?"

난방이 아주 잘된 실내에서 이진관 장군이 고개를 돌렸다.

"한 명은 모영순이라고 내 동생이오. 고아원에서 죽었소. 그리고 두 번째 여자가 이경희라는 여자요. 내 머릿속에서는 여자라기보다 여학생으로 자리 잡고 있소. 부산여고 2학년. 키가 자그마하고 아주 귀엽게 생겼었소. 경상도 사투리가 정말 매력적이었소."

모 중사가 술기운이 오르는 듯 얼굴이 벌게진 채 거침없이 말을 뱉었다.

"언제 어디서 만났습니까?"

"눈이 아주 많이 내리던 날, 청량리역이었소. 내가 부대에 들어가 천신만고 끝에 임무를 마치고 휴가를 나왔을 때요. 양 아치 몇 놈이 서울에 올라온 이경희 학생을 희롱하기에 몇 대 쥐어박고 친해졌소."

"선배님이 눈이 너무 많이 와서 화랑대 가는 버스가 끊겼다고 뻥을 치시고 이경희를 데리고 청량리에서 화랑대까지 걸어왔다고 하든데… 집도 태릉이라고 하셨고!"

"너무 예뻤소. 딱 내 이상형이었소. 뭐 어떻게 해보겠다는 마음은 없었소. 그냥 그 여학생하고 밤새 눈길을 걸어보고 싶었소. 훗날 생각해 보니까 그 여학생도 내 뻔한 거짓말을 알면서도 속아준 것 같았소."

모 중사가 그 옛날 추억이 떠오르는 듯 눈을 지그시 감았다.

"굉장히 멋있는 남자였다고 합디다. 키도 크고 잘생겼고… 화랑대까지 바래다주면서 몇 마디 하지 않을 정도로 과묵하고!"

"흐흐흐! 이경희 여학생이 그럽디까?"

"특수부대에 근무하는 군인이고 언젠가 꿈속에 찾아가도 거절하지 말아달라는 멋진 말도 남기셨다고 하더군요."

"어떤 소설에서 읽은 건데 여자를 만나면 꼭 써먹으려고 기억했던 문구요!"

"세 번째 여자는 누굽니까? 김채나입니까?"

"역시 정보 쪽에서 일하시는 분답구려."

"이경희는 내 동생입니다. 그날 선배님과 화랑대까지 온 것은 육사에 재학 중인 나를 면회하기 위해서였습니다. 또 김채나는 내 동생 딸이구요."

"……!"

"내 동생이 선배님을 꼭 한 번 뵀으면 합디다. 할 수만 있다면 채나의 경호팀장으로 모시고 싶다고도 했고!"

"세상에 이런 인연도 있나? 허허허허……."

모 중사가 의미를 알 수 없는 웃음을 터뜨렸다.

아주 한참 동안!

"김채나 경호팀원들 신상명세서입니다."

이진관 장군이 서류 봉투 하나를 테이블 위에 올려놓았다.

"채나를 잘 부탁합니다, 선배님!"

뒤이어 정중하게 허리를 숙였다.

"이, 이거 참!"

모 중사가 어쩔 줄 모르며 같이 허리를 숙였다.

열다섯 살 때 국군특수임무수행자부대에 입대해 32년 동안 복무.

살인죄로 15년 형을 언도 받고 준위에서 중사로 강등된 후 8년 동안 복역.

진달래아파트 경비 반장 3년 근무.

김채나 경호팀장.

미국 대통령 경호실장.

이토록 파란만장하게 살아온 모용각.

그 삶만큼이나 채나와의 인연이 깊었다.

4장

공식 매니저

텅!

큼직한 손이 '저녁노을' 소주 박스를 천막의 한쪽 구석에 내려놓았다.

"축하해, 이 사범!"

"정말 멋져요, 광석 씨!"

"감사합니다. 모두 선배님들 덕택입니다."

〈블랙엔젤〉에서 대한민국 대통령 부처로 나오는 원로 배우 강춘식과 사미연이 북한 인민군 대좌로 출연하는 이광석과 반갑게 악수를 나눴다.

연예계 사람들은 이광석이 여러 액션 영화에서 무술 감독을 맡았고 '액션스쿨'이라는 스턴트 학원에서 무술을 가르쳤기에 이 사범이라고 불렀다.

물론, 술을 먹고 미친개가 될 때는 이씹팔단이라고 불렀고!

"여름에는 화이트 맥주, 겨울에는 저녁노을 소주, 내년 봄에 막걸리 CF만 찍으면 술판 CF는 대충 마무리되나?"

"아니죠! 미국 가서 양주 CF를 찍어야 완벽하게 끝나죠. 오호호호!"

"어이구, 선배님들도 참! 어쩌다 장님 문고리 잡은 겁니다."

"헛헛헛, 그래? 아무튼 이 소주 잘 먹겠네."

"고마워요, 이 사범! 이따가 본관 식당으로 가면 되죠?"

"예예, 선배님! 잠깐 오셔서 간단히 식사나 하고 가십시오."

신기하게도 이씹팔단, 이광석이 달라져 있었다.

예전의 그 살벌한 미친개가 아니라 순한 양이 돼 있었다.

"신혜 씨하고 정화 씨도 꼭 와. 이 소주 한 박스씩 가지고 가고!"

말투조차 해맑았다.

"네네! 이 사범님이 밥 산다고 하셔서 스케줄 취소하고 스텐바이 상태예요."

"선물 고맙습니다. 덕택에 생전 처음 맥주 소주를 박스로 들고 가네요. 후후!"

"할리우드 진출 건 따따블로 축하드리구요!"

"고마워, 신혜 씨! 정화 씨!"

곧바로 〈블랙엔젤〉에서 박지은과 함께 청와대 비서들로 출연하는 여배우들인 오신혜와 최정화가 환하게 웃으며 이광석에게 축하 인사를 건넸다.

"그럼 저녁에 뵙겠습니다."

"오, 그러자고!"

"가세요, 광석 씨!"

이광석이 강춘식과 사미연 등에게 정중하게 허리를 숙인 후 몸을 돌렸다.

"어허허허! 저 친구가 세상을 오래 살아야 하는 이유를 하나 더 가르쳐 주는구먼."

두툼한 겨울 파카를 걸치고 시나리오 책자를 든 채 활활 타오르는 석유난로 앞에 앉아 있던 강춘식이 천막 밖으로 나가는 이광석의 뒷모습을 쳐다보며 실소를 날렸다.

"글쎄 말이에요. 이광석 씨한테 밥을 얻어먹을 날이 올 줄은 정말 몰랐어요."

"진짜… 이 사범이 맥주 CF에 이어 소주 CF까지 찍다니 믿어지지 않아요!"

사미연과 최정화가 기가 막히다는 듯 고개를 저었다.

"캐릭터하고 아주 딱이야. 대한민국에서 알아주는 술꾼이잖아?"

"호호, 기자들 말이 틀림없네요. 〈블랙엔젤〉이 탄생시킨 늦둥이 스타!"

"늦둥이 스타라? 그렇지 술 광고를 두 개씩이나 찍고 할리우드까지 진출했으면 이제 스타라는 말을 들어도 되지, 헛헛헛!"

강춘식은 우리나라 나이로 예순둘이다.

정치 깡패들이 설치던 자유당시절부터 연예계에서 밥을 먹었다.

그동안 별별 꼴을 다 봤고 별별 놈을 다 만났다.

하지만 이광석 같은 괴인은 본 적도 만난 적도 없었다.

이광석은 그 지랄 같은 성격만큼이나 집념이 강했다.

감독이 배역을 주지 않으면 일주일이고 한 달이고 계속 쫓아다녔다.

촬영 현장이고 술집이고 가리지 않았다.

어느 때는 큼직한 칼까지 차고 나타났다.

그렇게, 연예계에서 살아남았다.

끝내 일급 스타들만이 찍는다는 맥주 CF에 소주 CF까지 연타석 홈런을 쳤다.

게다가 채나가 동양의 왕자 역할을 맡은 할리우드 판타지 영화 '더블 페이스' 에서 준조연급인 공주를 노리는 살인자 역할로 캐스팅까지 됐다.

그야말로 낙타가 바늘구멍을 통과했다.

그것도 술 취한 낙타가!

"그저 사람은 출세를 하고 돈을 잘 벌어야 돼. 저 친구 봐! 얼굴이 환하게 폈잖아?"

"말투조차 부드러워졌어요. 오늘 밤 회식에 꼭 참석해야겠어요. 호호!"

강춘식과 사미연이 이광석이 갖다놓은 소주 박스를 쳐다보며 미소를 지었다.

"그럼요! 꼭 가서야 돼요, 선생님들."

"회식자리에 안 가시면 이 사범 열 받아서 다시 이씹팔단이 될지 몰라요!"

"에구, 무시라— 농담이라도 그런 말 하지 마라, 얘!"

"호호호! 허허허!"

사미연의 건너편에 앉아 있던 우신혜와 최정화가 이광석의 술버릇을 빗대서 너스레를 떨었다.

주먹만 한 눈송이가 떨어지는 쌀쌀한 초겨울의 오후.

한창 〈블랙엔젤〉이 촬영되고 있는 DBS 김천 야외촬영장이었다.

혹자는 영화와 드라마를 기다림의 예술이라고 했다.

강춘식 등은 그 기다림의 예술 덕택에 추운 날씨에도 불구하고 새벽부터 촬영 현장에 나와 자신들의 씬을 촬영하기 위해 하릴없이 기다리고 있었다.

그사이에 이광석이 두 번씩이나 방문했다.

아침에는 저녁 식사 초대장을 들고 왔고 지금은 소주 박스를 들고 왔다.

"세희야! 아직 전화 없니?"

"네! 언니."

문득, 최정화가 천막 한쪽에 앉아 있는 매니저인 백세희에게 주어 없는 질문을 던졌고, 백세희가 노타임으로 대답했다.

"누구 전화 기다리는 거야, 언니?"

"응! CF 관계자."

"CF 관계자?"

"초조해 죽겠어. 미친개라는 이 사범이 CF를 두 개씩이나 찍었대잖니? 나 이번에 CF 못 찍으면 미친개보다 못한 년이 되는 판이야."

"아후, 언니는? 무슨 말을 그렇게 흉하게 해!"

"농담 아냐, 신혜야! 생각해 봐. 우리 〈블랙엔젤〉 팀에서 벌써 열 명이 넘는 배우가 각종 CF에 나왔어. 심지어 탁 국장님까지 음료수 광고를 찍었고! 근데 나만 꽝이잖아?"

최정화가 금방이라도 눈물을 쏟을 듯 울상을 지었다.

"지, 진짜 그러네!?"

오신혜가 그제야 생각이 난 듯 예쁜 눈을 동그랗게 떴다.

"정말… 뭔가 이상하다?"

"우리 같은 늙다리한테도 CF 콜이 왔는데 왜 정화 너한테만 콜이 없지?"

강춘식과 사미연이 오신혜와 동감인 듯 의아한 표정으로 최정화를 쳐다봤다.

최정화가 울상을 지을 만했다.

한국형 첩보 액션 블록버스터, DBS 대하드라마 〈블랙엔젤〉은 전국 평균 시청률 57%라는 가공할 인기를 등에 업고 여러 부문에서 새로운 기록을 속속 세웠다.

특히 CF, 광고 쪽에서는 가히 신기원을 이룩했다.

드라마 앞뒤로 50개나 되는 광고가 붙었다.

드라마가 방영될 때 노출되는 간접광고까지 포함하면 무려 60개가 넘었다.

어느 게 본방이고 어느 게 광고인지 헷갈릴 정도였다.

그 폭발적인 인기를 대변하듯 남녀 주연들과 조연들에게 CF 모델 제의가 봇물 터지듯 밀려들었다.

채나와 박지은은 어떻게 하면 예쁘게 거절할 수 있을까를 고민했다.

강춘식과 사미연은 실버보험 광고를 찍었고, 오신혜는 화장품과 전자제품, 라면광고까지 무려 세 개나 촬영했다.

탁병무 국장이 감독생활 30년 만에 팔자에 없는 스포츠 음료 광고에 출연했고!

이광석이 자신의 캐릭터와 기가 막히게 어울리는 술 광고를 찍었다.

심지어 채나가 키우는 스노우까지 동물사료 모델이 됐다.

한데, 아이러니하게도 준조연급인 최정화만 빠졌던 것이다.

"아마 〈태황비〉 때 찍은 커피 CF가 반응이 안 좋았던 모양이에요."

최정화가 쓴웃음을 머금었다.

"무슨 소리야? 정화 너 때문에 그 회사 커피 많이 팔아먹었다고 소문났는데!"

사미연이 즉각 위로를 했다.

"그렇죠, 선생님? 그때 저도 마트에도 가보고 여기저기 시장조사도 해봤는데 반응이 좋았거든요. 근데 〈블랙엔젤〉 팀에서 나만 빠지니까 괜히 초조하고 미치겠어요."

"신경 쓰지 마라, 정화야. 넌 지금까지 관리를 잘해왔잖아. 그 흔한 스캔들 한 번 없었고."

"그래, 언니! 곧 좋은 소식이 있을 거야."

최정화가 계속 불안한 표정을 감추지 못하자 강춘식과 오신혜가 위로 대열에 동참했다.

"제주도는 신혜가 아니라 정화가 갈 걸 그랬구먼!"

"그러게 말이에요! 정화도 제주도에 갔으면 신혜처럼 컴퓨터는 아니더라도 밥솥 CF라도 하나 건질 수 있었을 텐데."

"……!"

뜬금없이 강춘식과 사미연이 제주도라는 말을 꺼내자 오신혜가 가자미눈으로 최정화의 눈치를 살폈다.

최정화가 못 들은 척 두 눈을 깔았다.

양쪽 볼에 심술보를 주렁주렁 매단 채.

"아이! 말씀드렸잖아요. 제가 제주도 전국체전 전야제에 참석한 건 국가적인 행사라서 봉사 차원에서 간 거라구요. 컴퓨터 CF도 김 회장이 억지로……."

오신혜가 급히 변명을 하자 강춘식이 웃으면서 손을 저었다.

"허허허, 녀석! 그렇게 변명할 필요 없다."

"그럼― 너 김 회장 따라 제주도 전국체전 전야제 행사에 참석한 거 홍보는 사람 아무도 없어. 솔직히 부럽다, 부러워! 다음에 그런 기회가 또 있으면 이 이모도 좀 데리고 가라!"

"선생님들 말씀이 맞아. 내 눈치 볼 필요 없어. 뭐 정 미안하면 김 회장 통해서 CF나 하나 물어오든가?"

"헛헛헛! 호호호!"

최정화가 노골적으로 오신혜를 CF 영업사원으로 내 몰자 강춘식과 사미연이 폭소를 터뜨렸다.

준사마 정희준이 운으로 스타가 됐다면 오신혜는 그 반대였다.

순전히 자신의 노력으로 스타가 됐다.

서울예고 일 학년 때 '극단 예우'에 알바생으로 들어가 연기를 익혔다.

한양대학교 연극영화과 2학년 때 DBS 공채 탤런트 시험에 합격한 후 스스로 ㈜P&P에 찾아가 매니지먼트를 부탁할 만큼 당찬 여배우였다.

오신혜는 김채나 사단이 제주도 정벌을 떠난다는 소스를 접하고 즉각 채나를 찾아갔다.

채나교 광신도까지는 못 되지만 열성적인 신도는 분명하다.

당연히 나도 김채나 사단에 합류해야 된다고 생각하는데 교주 생각은 어떠냐?

이렇게 말하고 오디션을 자청했다.

채나와 케인이 듀엣으로 부른 노래 '디어 마이 프랜드'를 1인 2역으로 불렀다.

그것도 영어 버전으로!

채나가 때굴때굴 구르며 그 자리에서 오신혜를 김채나 사단 특전대장으로 임명했다.

'디어 마이 프랜드' 1인 2역 버전이 전국에 방영이 되자 대중들이 환호를 했다.

그 결과 LG전자의 컴퓨터 CF가 굴러 왔고.

이렇게 〈블랙엔젤〉이 클라이맥스로 치달리면서 수많은 비하인드 스토리를 탄생시켰다.

두두두두!

타타타탕!

바로 그때, 저편 야산 쪽에서 요란한 굉음이 허공을 갈랐다.

군용 헬기가 날아갔다.

"그나저나 이 위대한 대한민국 대통령 부처를 이렇게 홀대해도 되는 거야?"

"호호, 정말이에요. 도대체 며칠째 바람을 맞히는 거죠?"

강춘식과 사미연이 헬기가 날아가는 야산 쪽으로 눈을 돌리며 투덜댔다.

이들은 벌써 사흘째 한 컷도 찍지 못하고 계속해서 대기상태였다.

후두둑… 타타탕탕!

눈방울이 점점 굵어지며 총소리가 길게 울려 퍼졌다.

차차차차착!

얼룩무늬 군복을 걸치고 AK47 자동소총을 든 채나가 피투성이가 된 박지은을 부축한 채 숲 속을 달려갔다.

ENG 카메라를 든 카메라맨이 뒷걸음질 치며 채나와 박지은의 정면 모습을 찍었다.

"나, 난 끝났어! 양쪽 다리가 모두 움직이지 않아. 먼저 가! 어서—"

"……!"

박지은이 고함을 치다가 바닥에 쓰러지며 그대로 정신을 잃었다.

ENG 카메라가 정신을 잃고 쓰러진 박지은의 얼굴을 클로즈업시켰다.

부욱!

채나가 옷을 찢어 박지은의 상처를 감싼 후 박지은을 안았다.

뒤이어 채나가 박지은을 등에 업고 비호처럼 숲 속을 질주했다.

"OK— 컷! 거기까지! 좋았어. 역시 김채나다. 아주 좋아!"

나무 위에 매달린 확성기에서 굵직한 음성이 튀어나왔다.

"다음 북한 인민군 정찰대 스텐바이!"

〈블랙엔젤〉의 책임 PD인 탁병무 국장이 오리털 롱 파카를 입고 마도로스 모자를 쓴 채 메인 모니터 앞에 앉아 마이크에 대고 외쳤다.

북한 인민군 복장에 AK소총을 든 수백여 명의 엑스트라가 야산을 둥글게 포위한 채 엎드려 있었다.

"큐!"

탁 국장의 촬영개시 신호가 떨어지자 수백여 명의 북한 인민군들이 우거진 숲 속을 미친 듯이 기어 올라갔다.

두두두두—

헬기에서 우지환 카메라 감독이 로프로 허리를 꽁꽁 동여맨 채 ENG 카메라를 어깨에 메고 공중 촬영을 했다.

박기석 카메라 감독은 크레인의 일종인 지미짚에 올라타고 북한 인민군들을 쫓아가며 촬영을 했고!

수백여 명의 엑스트라와 십여 대의 카메라가 동원되어 전투 씬을 촬영하는 현장이었다.

〈블랙엔젤〉 A, B, C팀이 몽땅 DBS 김천 야외촬영장에 집합해 탁 국장의 지휘하에 일사불란하게 끝내기 촬영에 돌입하고 있었다.

"카앗— 아주 자알 했어. 북한 인민군 그대로 대기!"

탁 국장이 마이크를 내려놓으며 소리쳤다.

산을 올라가던 북한 인민군들이 일제히 동작을 멈췄다.

"야! 모니터 다시 돌려봐."

탁 국장이 곧바로 엔지니어에게 지시를 했다.

엔지니어가 메인 모니터의 화면을 잽싸게 리와인드시켰다.

"좋아, 아주 좋아! 채나하고 마마는 완벽해!"

탁 국장이 모니터를 유심히 살펴보며 힘차게 고개를 끄덕였고.

"근데… 뭔가 이상해? 뭔가 이상한데 집어낼 수가 없네. 빌어먹을!"

돌연 우거지 인상을 썼다.

"야, 문 차장! 넌 괜찮냐? 뭔가 잘못된 것 같지 않아?"

"전 무조건 좋습니다. 채나 씨가 빅마마를 안았다가 다시 업고 뛰는 장면이 너무 리얼합니다."

"그건 나도 알아! 뭐지? 뭐가 이상한 거지?"

탁 국장이 문 차장의 말을 퉁명스럽게 까며 쓰고 있던 고글을 벗어 젖혔다.

'국장님의 저 감, 저 병이 또 도졌다!'

'오늘 또 날 밤 까겠네. 함박눈이 쏟아지는 이 추운 겨울밤에, 씨발!'

메인 모니터 주위에 모여 있던 문 차장과 김 차장 등 〈블랙엔젤〉 스텝들이 일제히 한숨을 내쉬었다.

DBS 드라마본부의 탁병무 국장.

이미 내년 1월 1일부로 드라마본부장 승진 발령장을 받아 놓은 왕 PD.

언젠가 KBC 윤룡 본부장이 씹었듯 드라마에 대한 식견은 그리 뛰어나지 않았다.

하지만 지금처럼 어떤 장면에서 NG만은 귀신처럼 눈치챘다.

감 병무라는 별명처럼 순전히 감각으로 잡아냈다.

탁 국장은 선천적으로 드라마 감독의 자질을 타고난 희대의 명장이었던 것이다.

"다시 한 번 가야겠는데……?"

탁 국장이 혼자 말처럼 중얼거릴 때.

"OK 했으면 끝이지 뭘 또다시 가?"

얼룩무늬 군복을 걸치고 AK47 자동소총을 든 채나가 피투성이가 된 박지은과 함께 다가오며 투덜거렸다.

스태프들이 재빨리 따라 붙으며 채나와 박지은에게 두툼한 점퍼를 걸쳐줬다.

"야야! 모니터 한번 봐라, 채나야! 뭔가 이상하다니까?"

"쳇! 우리 탁 감독님 그 감인지 사관지 또 발동됐구나. 난 몰라. OK 했으니까 난 오늘 종쳤어."

"야, 채나야, 딱 한 번만 더 가자. 마지막으로 딱 한 번만!"

탁 국장이 겸연쩍은 표정으로 애원을 했다.

"미치겠네! 그 마지막이 벌써 네 번째야. 마마 언니를 안고 눈보라 치는 저 높은 산을 세 번씩이나 뛰어 올라갔다니까! 감독님도 마마 언니 업고 왕복달리기 해볼래? 마마 언니가 보기보다 숨겨진 살이 많아. 엄청 무거워!"

"얘는! 니가 자꾸 그러면 감독님이 진짜 나를 돼지로 알잖아?

"그럼 언니가 진짜 돼지지, 가짜 돼지야? 어휴— 언니 땜에 허리디스크 걸리겠어."

"아하하하!"

채나가 박지은을 흉보자 탁 국장 등 스태프들이 낄낄댔다.

"채나야, 정말 미안하다. 진짜 진짜 마지막으로 딱 한 번만 가자, 응?"

"알았어! 근데 난 도저히 배고파서 못하겠어. 인민군 오빠들 먼저 찍어."

탁 국장이 애원을 했고 채나가 마지못해 콜을 했다.

"OK! OK! 딱 한 번만 더 가자고."

탁 국장이 주먹을 움켜주며 고글을 다시 썼다.

"자아! 그럼 씬을 바꿔서 북한 인민군이 추격하는 장면부터 가자고."

탁 국장이 마이크를 든 채 씩씩하게 외쳤다.

"똥광 오빠! 황보 작가 어디 있어?"

"내일 대본 때문에 차에서 작업 중이세요. 왜요? 채나 씨."

채나가 날이 선 말투로 황보순 작가를 찾자 오동광 PD가 아연 긴장했다.

채나는 말보다 행동이 빠른 사람이다.

아차하면 황보 작가의 머리통이 날아가기 때문이었다.

"왜 자꾸 대본을 고쳐? 분명히 지금 씬도 원본에는 S1이 X1의 손을 잡고 뛰는 거야. 근데 손을 잡고 뛰어가다 어깨에 메고 나중에는 업는 장면으로 바뀌었어. 아주 날 죽이려고 작정한 거야."

"리, 리얼리티를 살리기 위해 그러신 거 아닐까요?

채나가 수정된 대본에 대해 불만을 토로하자 오동광 PD가 살짝 황보순 작가를 옹호했다.

"리얼리티를 살리려면 S1이 X1을 잡고 뛰어가다가 유탄에 맞아 부상을 당하고 X1이 S1을 부축하거나 업고 뛰어야지. 그래야 여자 주인공이 돋보일 거 아냐?"

"후후후! 난 돋보이기 싫어. 계속해서 니가 안고 업고 가는 게 좋아."

박지은이 배시시 웃었다.

"이 웬수 언니! 똥광 오빠, 뭐하는 거야? 빨랑 황보 작가 찾아와!"

"저기 채나 씨… 그 장면은 국장님이 지시하신 것 같던데요?"

"그래! 그런 것 같더라. 이 노름꾼이 아주 사람을 잡아요, 잡아!"

밥 차 쪽으로 향하던 채나가 씩씩대며 다시 탁 국장 쪽으로 몸을 돌렸다.

오늘로써 꼭 59회 차를 촬영하는 〈블랙엔젤〉.

어제 40회 차가 전국에 방영됐다.

기획 단계부터 수많은 화제를 불러 일으켰던 대하드라마 〈블랙엔절〉은 신기하게도 시간이 갈수록 회가 거듭될수록 점점 더 센세이션을 불러일으켰다.

대한민국 연예계의 원투 펀치라는 채나와 박지은의 연기가 합쳐지면서 시너지효과를 발휘해 첫 방부터 전국 시청률 53%를 찍었다.

2회 때는 53.5%, 3회 때는 54% 등 시청률이 조금씩 상승하기 시작해 지금까지 평균 전국 시청률 57%를 기록했다.

결국, 어제 방영된 40회 차에서는 64%를 찍는 가공할 성적표가 나왔고!

"북한 인민군 동무들! 딱 한 번만 더 갑시다. 스텐바이— 큐!"

탁 국장이 메인 모니터를 뚫어지게 쳐다보며 연기 개시를 알렸다.

두두두!

다시 헬기가 떠오르고 우지환 촬영감독이 헬기에 매달린 채 촬영을 시작했다.

AK 소총으로 무장한 수백 명의 북한 인민군이 재차 야산을 뛰어올랐다.

"컷! 컷컷컷!"

큐 사인이 떨어진지 오 초도 되지 않아 갑자기 탁 국장이 촬영 중단을 명령했다.

"저 새끼! 저 새끼, 잡아 와! 맨 먼저 뛰어 올라가는 저 덩어리 큰 놈!"

탁 국장이 등록상표인 마도로스 모자까지 벗어 던지며 야산 중턱에 엉거주춤 엎드려 있던 북한 인민군들을 향해 손가락질을 하며 고래고래 소리를 질렀다.

FD 두 명이 후다닥 야산을 뛰어갔다.

FD는 플로어 디렉터, 말 그대로 무대감독이다.

PD, AD로 이어지는 방송, 연극의 스태프들 중 하나로서 어떤 프로를 제작할 때 아주 중요한 비중을 차지한다.

미국 같은 외국에서 그렇다는 말이다.

우리나라에서 FD는 그저 허드레 일을 하는 머슴에 불과하다.

"야, 꾸 부장! 한울타리 꾸 부장! 어디 있어?"

"예예― 여기 있습니다, 국장님!"

탁 국장이 고개를 돌리며 좋지 않은 발음으로 빽 소리를 치자 삼십대 털북숭이 남자가 구르듯 뛰어왔다.

〈블랙엔젤〉에 엑스트라들을 동원해 주고 돈을 받는 '한울타리 아트'의 구종회 연예부장이었다.

"야, 임마! 저 새끼, 뭐야? 뭐냐구, 저 새끼?!"

"예에?!"

탁 국장이 FD 두 명과 함께 달려오는 북한 인민군 전사 복장을 걸친 무지막지한 체격의 이십대 청년을 가리키며 씩씩댔다.

"그, 그게 덩치가 워낙 커서 맞는 군복이 없었습니다."

구인회 부장이 탁 국장의 말을 잘못 알아듣고 약간 틀린 대답을 했다.

꼭 틀린 대답은 아니었다.

FD들이 연행(?)해 온 이십대 청년은 체격이 얼마나 거대한지 군복 하의가 금방이라도 터질 듯 부풀어 있었고 상의는 아예 단추를 풀어헤친 채였다.

"그래! 군복조차 맞는 게 없는 놈이 인민군에 있을 거 같냐? 식량 사정이 최악이라는 북한군에 저렇게 덩치 큰 놈이 있을 것 같냐구? 자식아!"

"아… 예에! 죄송합니다."

구 부장이 그제야 탁 국장의 말을 알아들었다.

경제사정이 열악한 북한의 군인치고는 덩치가 너무 크다.

즉, 체격이 너무 큰 엑스트라를 데리고 왔다는 뜻이었다.

정말, FD들이 데려온 이십대 청년은 탁 국장이 북한군에는 절대 없을 거라고 단언할 만했다.

50톤짜리 초대형 트레일러, 육식공룡 티라노사우루스만 한 체구였다.

"너 시키, 사이즈가 뭐야? 키하고 몸무게가 어떻게 돼?"

탁 국장이 공룡에게 물었다.

"배, 백팔십팔에 백삼십칠인데요!"

"188㎝에 137㎏?! 진짜야??"

"요새 운동을 안 해서… 백사십이 좀 넘을 거예요."

이십대 청년도 구 부장처럼 탁 국장의 질문을 잘못 알아듣고 잽싸게 자수를 했다.

탁 국장은 188에 137이라는 경이로운 숫자가 믿어지지 않아서 재차 확인한 것이었다.

공룡은 140㎏이 넘는다고 정정했고!

"푸하— 야, 구 부장! 188에 140이 넘는단다. 북한 애들 중에 이런 덩치가 있을 것 같냐? 한국군, 아니, 미군 애들 중에도 없겠다."

"아하하하! 낄낄낄낄!"

갑자기 심각했던 촬영장이 웃음바다로 바뀌었다.

"아까부터 뭔가 이상하더라고. 모니터가 꽉 차는 게 느낌이 영 수상했어."

"죄, 죄송합니다. 당장 빼겠습니다!"

탁 국장이 특유의 예리한 감각으로 옥에 티가 될 뻔했던 단점을 잡아냈고 구 부장이 황급히 사과를 했다.

이처럼 탁 국장은 예리한 감각을 갖춘 연출자였다.

수백여 명이 동원된 엑스트라 중에서도 귀신처럼 옥에 티를 찾아내는 감독.

"가만… 이 시키, 여자 아냐? 너 모자 벗어 봐!"

"헤애애애!"

탁 국장이 눈을 가늘게 뜨자 공룡이 어색한 미소를 지으며 모자를 벗었다.

긴 머리가 흘러내리며 문제의 인물.

육식공룡 티라노사우루스, 방그래의 정체가 드러났다.

"미친다, 미쳐! 야, 구 부장! 아무리 사람 구하기가 힘들다고 해도 그렇지 어떻게 여자애를 남자로 위장시켜서 데려오냐? 그것도 공룡만큼이나 거대한 놈을 말야."

"킥킥킥! 핫핫핫!"

다시 스텝들이 폭소를 터뜨렸다.

"죄송합니다, 국장님. 애가 워낙 착하고 열심히 해서 말이죠. 게다가……."

구 부장이 얼굴이 벌게진 채 다급하게 변명을 했다.

"근데 이 녀석 이 넙데데한 메기처럼 생긴 얼굴 어디서 많이 봤는데? 너 운동선수지? 무슨 운동했어? 이름이 뭐야?"

탁 국장이 구 부장의 말을 씹으며 방그래에게 질문 공세를 던졌다.

"한국체육대학 역도부 경기지도학과 4학년 방그래입니다."

"한국체대 역도 선수 방그래? 그래! 이제야 알겠다. 작년인가 재작년인가 세계역도 선수권대회 슈퍼 헤비급에서 우승을 했던 그놈이구나!"

탁 국장이 마침내 방그래의 정체를 알아냈다.

"슈퍼 헤비급이 아니라 75㎏이상 급입니다."

"이 시키가? 슈퍼 헤비급이나 75㎏이상 급이나 그게 그거지, 임마."

"슈, 슈퍼 헤비급이라고 하면 너무 뚱뚱하게 들려서요."

"하아… 이놈이 개그하네! 140㎏은 뚱뚱하지 않고 날씬 한 거냐?"

"와하하하하!"

또다시 〈블랙엔젤〉 촬영장에 웃음의 물결이 일렁였다.

"근데 방그래! 너 운동 안 하고 여긴 웬일이야?"

"……."

"저어 감독님! 방그래는 어깨를 다쳐서 운동 그만뒀답니다. 작년부터 우리 회사에 나와 알바를 뛰고 있습니다. 제가 밥값이나 하라고 남자로 위장시켜서 현장에 내보냈고요."

"OK! 거기까지— 어떻게 된 사정인지 대충 알겠다."

구 부장이 방그래를 남자로 위장한 사연을 밝혔고 탁 국장이 드라마 감독답게 금방 상황을 눈치챘다.

"얘 〈블랙엔젤〉 촬영 끝나도 우리 회사에 출근시켜. 일이 없으면 장비라도 나르게 할 테니까! 내 말 알아듣겠지, 구 부장?"

"예예, 국장님!"

"나도 소싯적에 운동 좀 했다. 내가 후원금은 못 줘도 네 알바 비는 챙겨주마!"

"고, 고맙습니다. 감독님!"

"오냐, 치료 잘하고. 가 봐!"

탁 국장이 방그래의 등을 치며 격려를 했고 방그래가 공손하게 인사를 했다.

탁 국장은 중학교 때까지 축구 선수였다.

워낙 머리가 좋아 부모들이 공부에 전념하게 해서 축구를 그만뒀지만 지금도 사내 체육대회가 열리며 종횡무진했다.

그래서 그런지 늘 운동선수들에게 연민의 정을 느꼈다.

어깨가 다쳐서 운동을 그만뒀다는 방그래가 많이 안타까웠고!

후두두둑!

주먹만 한 눈이 수박만큼 커지며 본격적으로 쏟아졌다.

"허어, 이거야? 드디어 북풍한설이 몰아치는 겨울이 시작됐다는 거지!"

탁 국장이 눈 내리는 하늘을 쳐다보며 혀를 찾고.

"오늘은 여기서 접자. 문 차장! 북한 인민군 추격 장면은 저 공룡 녀석 나오는 장면만 편집해서 쓰고."

"예, 국장님!"

촬영 종료 지시를 내렸다.

문 차장 등이 반색했다.

이렇게 날씨가 구린 날 촬영을 강행하면 안전사고 등 여러 가지 피곤한 일이 터지기 때문이다.

"김 차장은 눈 더 오기 전에 단역들 모두 철수시키고 장비들 챙겨! 미팅 준비 확실히 하고."

"알겠습니다, 국장님!"

곧 바로 김 차장이 마이크를 들고 멘트를 했다.

"모두 수고들 하셨습니다. 오늘 촬영은 여기서 끝내겠습니다."

"고생하셨습니다."

우루루루!

북한 인민군 복장의 엑스트라들이 야산을 내려왔다.

그때, 씩씩대며 탁 국장 쪽으로 다가가던 채나가 슬며시 발길을 돌려 구 부장과 방그래를 쫓아갔다.

"헤헤! 저 녀석 정체가 세계역도챔피언이었어? 재미있네."

채나가 수줍게 다가오던 얼굴 하나를 떠올렸다.

"흐으으! 저어 언니 팬이에요… 여기 언니 도시락……."

"……!"

방그래가 공룡 같은 덩치를 배배꼬며 오단으로 쌓아놓은 큼직한 찬합 보따리를 내밀었다.

"제가 직접 만들었어요, 언니! 맛없어도 맛있게 드세요."

"헤헤! 짜식이, 질보다 양이라는 내 좌우명을 아주 잘 아네."

"저도 질보다 양이거든요. 여기 사인 좀!"

방그래가 태극마크가 새겨진 깨끗한 트레이닝복을 채나에게 내밀었다.

딱 한 번, 세계역도선수권대회 여자 75㎏ 이상 급에서 인상 용상 합계에서 삼관왕을 차지했을 당시 시상대에서 입었던 국가대표 유니폼이었다.

"그때, 왜 태극마크가 새겨진 유니폼에 사인을 받았는지 이제야 알겠다. 국가대표 유니폼과 함께 내 사인을 영원히 간직하겠다는 거지? 귀여워!"

채나가 특유의 건달 걸음으로 걸어가며 개구쟁이 미소를 지었다.

눈이 많이 내리던 날.

단 한 번 세계역도선수권대회에서 삼관왕을 차지한 후 은퇴 아닌 은퇴를 한 비운의 여자 역도선수와 지구 최고의 총잡이가 만났다.

그 만남은 만나기 싫어도 어쩔 수 없이 만날 수밖에 없는 숙명이었다.

채나가 호호백발 할머니가 되었을 때도 곁을 지켜주던 사람.

김채나의 공식 매니저 방그래였다.

5장

비하인드 스토리

준사마 정희준에게는 비밀 아닌 비밀이 하나 있었다.

잘생긴 얼굴만큼이나 까다로운 식성이었다.

그렇다고 고기를 못 먹거나 오이를 먹으면 두드러기가 나거나 하지는 않았다.

오로지 집 밥, 어머니가 만들어준 밥을 고집했다.

회식이나 접대가 있어서 밖에서 식사를 해도 유명 식당에 초대를 받아도 꼭 집에 들어가 다시 밥을 먹었다.

일본에서 활동을 할 때는 아예 어머니가 일본으로 건너가서 수발을 들 정도였다.

오늘처럼 야외촬영이라도 있는 날은 매니저들이 어머니가 건네준 도시락을 들고 쫓아다녔고!

"역시 우리 엄마가 만든 음식이 최고야!"

지금도 이광석이 황제 도시락에서 3만 원짜리 뷔페를 맞춰놓고 초대를 했다.

하지만 샤워까지 깨끗하게 끝낸 정희준은 그곳에 가지 않고 버스에서 자신의 어머니가 만들어준 생선초밥과 미역국을 먹고 있었다.

식성만큼은 어쩔 수 없는 마마보이였다.

"후우… 눈이 제법 많이 오네!"

정희준이 초밥을 입에 문 채 눈 내리는 차창 밖을 쳐다보며 아주 행복한 미소를 지었다.

〈블랙엔젤〉에서 남자 주인공인 암호명 A1이 보여주던 그 느끼한 미소였다.

정희준이 행복한 미소를 지을 만도 했다.

준사마 2002년 대한민국 남자 연예인 인기 순위 톱에 등극.

정희준 앞에 펼쳐진 노트북 컴퓨터에 떠 있는 뉴스 제목이었다.

포털사이트 네이버 메인에 '많이 본 뉴스' 6위로 올라와 있었다.

연예부 기자들이 말했듯 올해는 정희준의 제2의 전성기였다.

반 강제로 〈블랙엔젤〉과 〈KK팝〉에 출연한 결과였다.

지금 테이블 위에 놓여 있는 삼십 권이 넘는 시나리오 책자와 여러 TV 채널에서 아침저녁으로 방영되는 서울금융그룹 CF 등이 그 명백한 증거였다.

대한민국 남자 연예인 중에서 가장 인기 있는 사람!

연예계에 데뷔한 그 다음 해, 박지은과 '여름동화'를 찍으면서 정희준 신드롬을 불러일으켰던 그 시절에 약 이 년 동안 1위를 했던 적이 있었다.

그 후 한 번도 1위를 한 적이 없었다.

1위는커녕 20위 권 밖으로 밀려난 적도 있었다.

절치부심 와신상담.

강산이 한 번 바뀐 올해, 마침내 정상을 다시 탈환했다.

한데, 정희준은 아까 그렇게 맛있던 도미초밥이 조금씩 맛이 없어졌다.

환하게 띠었던 미소도 조금씩 사그라졌고!

자신의 뉴스 위로 5위부터 1위까지 랭크된 뉴스에 너무 큰 충격을 받았기 때문이다.

김채나 정규앨범 선주문 CD 1억 3,500만 장.

한국포함 김채나 정규앨범 CD 1억 5,000만 장.

EMA 발표 김채나 정규앨범 1집 선주문 CD 1억 3,500만 장.

김채나 세계가요사를 다시 쓰다. 정규앨범 선주문 1억 3,500만 장.

김채나 왕대박 한국 제외 정규앨범 CD 선주문 1억 3,500만 장.

어제 아침 채나와 음반계약을 맺은 미국의 메이저 음반제
작사인 EMA에서 발표한 뉴스로, 한국을 제외한 전 세계 국가
를 상대로 김채나 정규 앨범 1집의 구매 예약을 받은 결과였
다.

아직 제작조차 들어가지 않은 채나의 정규앨범 1집이 빌리
언셀러가 되면서 그 뉴스가 포털사이트에서 1위부터 5위까
지 올킬하고 있었던 것이다.

"미국에선 가수들 CD 한 장에 얼마씩이나 하냐?"

정희준이 떨떠름한 목소리로 같이 도미초밥을 먹던 매니
저인 사공훈에게 물었다.

"딱히 정해진 가격은 없습니다. 가수들이나 앨범 성격에
따라서 천차만별이죠.

일류가수들 정규 앨범 CD는 대충 미화 10달러에서 20달러
정도하더라구요."

사공훈이 젓가락을 든 채 또박또박 대답했다.

"한화로 만 원에서 이만 원이 좀 넘는다는 얘긴데… 싸지는 않네. 김 회장 CD는 얼마나 할까?"

"스페셜 앨범 예로 봐서 김 회장님 정규 앨범은 15달러 정도에 판매되지 않을까요?"

정희준과 사공훈은 채나를 김 회장이라고 불렀다.

앞에서 언급했지만 정희준은 강자에는 약하고 약자에게는 강한 전형적인 소인배다.

채나는 절대강자다.

당연히 김 회장이라 부를 수밖에 없었다.

사공훈은 보스인 정희준을 따라서 그렇게 불렀고.

"15달러라? 거기서 김 회장이 얼마나 먹을까?"

"그건 계약 당사자들이나 알 수 있습니다. 특급비밀이니까요."

"하긴… 어쨌든 여러 가지 정황상 김 회장이 30%는 먹겠구나."

"아마 50% 이상……."

사공훈이 말을 하다가 멈췄다.

인기척이 들렸기 때문이다.

"아후— 무슨 눈이 축구공만 해?"

"아차하면 머리통 깨지겠어."

〈블랙엔젤〉에서 남자 조연인 암호명 Z1으로 나오는 지상욱과 오신혜, 최정화가 하얀 눈을 잔뜩 뒤집어쓴 채 버스로 올라왔다.

"어서들 오십시오. 식사들 하셔야죠?"

"마침 잘 왔네! 우리 엄마가 싸준 도미 초밥인데 같이 먹자고. 맛이 기가 막혀."

사공훈이 젓가락을 놓으며 벌떡 일어났고 정희준이 식사를 권했다.

"하하, 됐습니다, 선배님."

"퀄리티 높은 고기 뷔페가 가득 차려져 있는데 웬 초밥??"

"호호! 그것도 눈이 펄펄 내리는 이 한겨울에 말씀이야."

"대충 배를 채우려고. 난 고기 뷔페는 진짜 싫더라고!"

"하여튼 주니 오빠 식성 까다로운 건 알아줘야 돼."

정희준, 지상욱, 박지은, 김채나 등 〈블랙엔젤〉의 주요 출연진들은 장장 육 개월씩이나 붙어 다녔다.

그것도 미국, 러시아, 중국 등 세계 각국을 함께 돌아다녔다.

원수라도 친해질 수밖에 없는 상황이었다.

이제는 자연스럽게 형, 누나, 오빠하면서 지냈다.

"커피라도 한 잔씩 하시죠!"

눈치 빠른 사공훈이 커피를 가져왔다.

"고맙습니다, 사 팀장님."

"잘 마실게요."

지상욱과 오신혜 등이 커피 잔을 들며 정희준과 마주 앉았다.

"훗! 정 선배님도 김 회장 뉴스 보고 계셨네?"

지상욱이 어깨너머로 노트북 컴퓨터를 쳐다보며 입을 열었고.

"배 아파서 보고 싶지 않은데 온통 김 회장 소식밖에 없으니 어쩔 수 없지, 뭐!"

정희준이 솔직하게 불었다.

"김 회장은 그 많은 돈을 다 어디다 쓸까요? 남의 일이지만 정말 걱정됩니다."

"흐훗! 한우갈비 먹는 데 쓰겠지. 근데 김 회장은 EMA하고 반반 먹기로 했대?"

지상욱이 머리를 쥐어뜯으며 너스레를 떨었고 정희준이 웃으면서 궁금한 점을 살짝 꺼냈다.

"아냐! 파라다이스랑 EMA가 싸우는 바람에 삼칠제로 계약했대."

대답은 오신혜가 했다.

"김 회장이 70%나 먹는단 말야?!"

"지난번에 신문에 대서특필 됐잖아? 강 관장님이 술 먹고 꼴라 돼서 떠벌린 거!"

정희준이 다시 확인했고 오신혜가 못을 박았다.

"그럼 장당 10달러씩만 먹는다 쳐도, 크악— 천문학적인 액수다!"

"가볍게 13억 5,000만 달러네요.

"1, 13억 5,000만 달러?? 한화로 2조 원이나 하잖아?"

"DVD, MV, 테이프 등은 별도니까 김 회장은 이번 정규앨범 한 장으로 2조 원 이상 챙길 겁니다."

"푸하하하하, 2조 원?! 2조 원은 내 친구 이름인데 참나! 딱 앨범 한 장으로 김 회장 완전 재벌 됐네?"

"EMA에서 1억 달러 이상을 지를 때 알아봤습니다."

정희준 등이 침을 질질 흘리며 채나의 정규앨범 1집의 수익을 계산했다.

"돈다, 돌아! 야, 사 팀장! 우리도 김 회장 같은 장사 함 해 보자. '동방의 빛' 그 녀석들 신경 써서 키워!"

"예, 대표님!"

정희준이 말도 안 되는 지시를 내렸고 사공훈이 영혼 없는 대답을 했다.

"한데 세 분은 웬일이서. 좋아하는 고기 대신 초밥을 먹으러 온 것 같지는 않구?"

정희준이 미소를 띤 채 커피를 마시는 지상욱 등을 쳐다보며 물었다.

한참 농담을 하다가 슬쩍 용건을 꺼내는 버릇, 정희준 특유의 화법이었다.

탕탕!

그때 누군가 버스 벽을 세차게 두드렸고.

"사 팀장님! 정 대표님 모시고 식사하러 오세요. 9시 미팅에 꼭 참석하시구요!"

천원정 PD가 바쁜 듯 차창 밖에서 소리를 질렀다.

"예예! 이미 문자 받았습니다."

사공훈이 쫓아 나가며 대답했다.

"저 9시 미팅 건 때문입니다. 선배님!"

"주니 오빠는 어떻게 할 거야. 〈블랙엔젤〉 연장 촬영에 찬성하는 거야?"

지상욱과 오신혜 등이 심각한 표정으로 말을 꺼냈다.

바야흐로 〈블랙엔젤〉에서 방송사의 전가의 보도가 사용되기 일보 직전이었다.

인기 프로그램 고유의 특성인 엿가락 늘리기와 풍선 부풀리기

맨 처음 〈블랙엔젤〉은 50회작으로 기획돼 있었다.

정확히 금년 12월에 종방이었다.

하지만 시청자들의 열화와 같은 청원에 의해 15회를 더해 65회까지 늘렸다.

이미 59회 차를 촬영 중이었고!

지난주, 또다시 시청자들의 연장 방영 요구가 쇄도하자 투자자들과 제작진 측에서는 광고주들과 작가들과 합의해 아예 100회로 막을 내리기로 결정했다.

이제 출연진의 의견을 묻고자 오늘밤 9시에 긴급 미팅을 갖겠다는 것이다.

〈블랙엔젤〉의 가공할 인기를 가늠할 수 있는 대목이었다.

"흐흐, 알다시피 난 항상 이기는 편이 내 편이잖아? 다수의 의견에 따라가야지."

"선배님 의견이 그렇다면 100회로 결정됐네요. 마마 누나도 찬성 쪽이고."

"돈이 얼만데 반대를 해? 캐릭터도 몸에 뱄겠다 냅다 고지 뭐!"

재미있게도 지금 〈블랙엔젤〉처럼 시청자들의 청원에 의해 '엿가락 늘리기'를 하면 작품의 완성도를 높이기 위한 수단으로 바뀐다.

시청자나 제작진 출연진들이 몽땅 흡족해하기 때문이다.

하지만?

"근데… 김 회장이 도저히 시간이 안 된대!"

오신혜가 비릿한 초를 쳤다.

"맞다!"

"김 회장, 미국 가서 앨범 녹음해야 되잖아?! 월드 투어 준비해야 되고!"

정희준과 지상욱이 금방 상황을 눈치챘다.

두 사람은 육 개월씩이나 같이 촬영 현장을 누빈 덕에 채나 스케줄을 확실히 꿰고 있었다.

실은 채나가 지금 〈블랙엔젤〉에서 하차하는 것은 〈블랙엔젤〉이 막을 내리는 것과 똑같았다.

시작할 때는 박지은에게 업혀 갔지만 지금은 채나가 〈블랙엔젤〉 자체를 업고 있었다.

채나의 상상불허의 인기를 정희준 등은 전국체전 전야제에 참석했을 때 생생하게 목격했다.

"으으으으— 아파트 한 채가 눈앞에서 사라졌어!"

"하하하! 호호호!"

최정화가 커피 잔을 던지며 통탄을 하자 정희준 등이 폭소를 터뜨렸다.

〈블랙엔젤〉 출연료 35회 분이 날아갔다는 뜻이었다.

*　　　*　　　*

영하 2도에서 3도.

함박눈이 내리기에 딱 좋은 조건이었다.

거짓말 좀 보태서 눈송이 지름이 10센티에서 20센티는 될 것 같았다.

진짜 축구공만 한 눈이 펑펑 쏟아졌다.

아니, 퍼붓는다는 표현이 정확했다.

……

정희준과 오신혜 등이 두툼한 파카를 머리까지 뒤집어쓴 채 스태프들이 받쳐주는 우산을 쓰고 나란히 걸어갔다.

DBS 김천 야외촬영장 제1주차장에서 본관까지는 오백 미터도 채 되지 않는 길이었다.

정희준 등 네 사람은 이 길을 자주 왕래했다.

〈블랙엔젤〉의 많은 씬을 이 촬영장에서 찍었기 때문이다.

또 〈블랙엔젤〉 출연진 중 십여 명이 CF를 찍었고 그때마다 본관 식당에서 턱을 냈다.

정희준은 벌써 세 번씩이나 동료들을 본관식당에 초대했고, 지상욱은 두 번이었다.

오신혜는 CF를 세 개나 찍었지만 한 번만 쐈다.

저렴하게 찍었다는 평계였다.

최정화는 열 번이라도 쏘고 싶었지만 아직까지 CF 섭외가 없었고!

이처럼 출연진들이 본관 식당을 자주 이용하는 것은 음식의 질을 좋기 때문이 아니라 장소가 촬영장 내에 있다는 특수성 때문이었다.

외부와 단절돼 있어서 연예인들이 단체로 회식을 해도 일반인들의 시선을 의식하지 않아도 좋았던 것이다.

네 사람은 이 길을 걸어갈 때마다 애완견이 발정 난 얘기부터 이라크 정세까지 눈부시게 수다를 떨었다.

한데, 눈이 많이 내리는 밤길이라서 그럴까?

오늘따라 아무도 입을 열지 않았다.

선주문을 받은 지 딱 2주 만에 1억 3,500만 장이 접수됐다?

그것도 성지 중에 성지인 한국을 제외하고?

얼마나 좋았으면 그 음흉하기 짝이 없는 미국의 메이저 음반제작사 EMA에서 기자회견을 자청했을까?

단 한 방에 한화 2조 원을 챙긴다?

김 회장이 이 정도로 어마어마한 가수였나?

마이클 잭슨이고 마돈나고 휘트니고 와작와작 씹어 먹는?

난 뭐지?

나도 쫌 하는 연예인 아니었나?

왠지 창피하다. 쪽팔려!

아까부터 정희준 등의 머릿속에서는 계속해서 이런 생각들이 맴돌았다.

잠깐 상의했던 〈블랙엔젤〉 엿가락 늘리기 따위는 벌써 잊어버렸다.

어쩌라고?

엿가락을 늘리 든 엿치기를 하든 나 보고 어쩌라고? 씨발!

이들은 한미래가 남해 김교장 댁에서 설파했던 '상대성 오징어 이론'에 휩싸여 있었다.

너무 똑똑한 친구 옆에 있으면 자신이 오징어로 보인다는 이론.

감히 채나와 자신들을 비교했다.

채나가 지구인이 아니라 우주 저 멀리에서 날아온 외계인이라는 것을 까맣게 잊고 있었다.

쿵쿵쿵!

갑자기 정희준의 심장이 주인의 통제에 따르지 않고 제멋대로 뛰었다.

정희준이 반사적으로 매니저인 사공훈을 쳐다봤다.

사공훈도 정희준처럼 심장이 뛰는 듯 가슴을 꽉 움켜쥐었다.

지상욱 등도 뭔가 이상한 감응이 온 듯 온몸을 매만졌다.

걱정하지 마… 너는 아무 잘못도 없어… 그냥… 행복하게 살아가.

어디선가 아주 청아한 소리가 들려왔다.

눈 내리는 어둠 속 저편에서 아름다운 노래 소리가 울려 퍼졌다.

흡사, 그리스 신화에 나오는 마성의 요정 세이렌이 부르는 유혹의 노래 같았다.

바로 채나의 목소리였다.

언젠가 육군 예비역 중사 모영각이 청재킷 사내에게 보컬 트레이닝을 받았던 그 노래.

〈거꾸로 흐르는 강물을 따라〉였다.

네가 원했던 그 꿈을 찾아서 그냥 행복하게 살아가.

가슴속 깊이 감춰 뒀던 네 친구와 함께 날개를 활짝 펴고 살아가.

펑펑 내리는 눈보라 속으로 노래 소리가 계속해서 들려왔다.

"흐흐… 내 친구, 이조원의 목소리네."

이때서야 정희준이 목소리의 정체를 알아챘다.

"어쩐지, 어쩐지… 나도 모르게 심장이 쿵쾅거리더라!"

"어머머, 웬일이니? 김 회장이 회식에 참석할 때도 있네?"

"엄청 기분 좋은가 보다? 술자리에서 노래를 다 불러!"

"하하! 자기 음반이 일억 몇천만 장이 팔렸다는데 기분 좋겠죠. 외계인이라도!"

"흐흐흐! 호호호!"

바다 속 마성의 요정 세이렌처럼 전율을 느끼게 하는 유혹의 목소리.

지상욱 등이 그 주인공이 채나라는 것을 알고 쓴웃음을 지었다.

채나는 그동안 〈블랙엔젤〉을 촬영하면서 출연진들이나 스태프들의 모임이 많이 있었지만 가뭄에 콩 나듯 참석했다.

아니, 참석하고 싶어도 할 수가 없었다.

이미 오래전에 약속된 행사 관계자들이 새벽부터 촬영장에 나와 기다렸기 때문이다.

촬영이 끝나자마자 납치하다시피 데리고 사라졌다.

술자리에서 노래를 부르지 않는 것은 가수 김채나의 첫 번째 좌우명이었고!

"쳇! 오늘 수억 깨지네. 아깐 아파트 한 채가 날아가더니 또 얼마를 손해 본 거야?"

"글쎄 말이야! 김 회장 무반주 노래는 돈을 트럭으로 갖다 줘도 못 듣는데."

"하하하!"

채나교도인 최정화와 오신혜가 처음부터 채나 노래를 듣지 못한데 대해 아쉬움을 토로했다.

네가 품었던 네가 희망했던 그 세상 속으로 날아가 힘차게 날아가.

"……!"

채나의 무반주 노래 〈거꾸로 흐르는 강물을 따라〉가 계속될 때 정희준이 어떤 생각이 떠오른 듯 흠칫했다.

"이 노래… 김 회장이 본관식당에서 부르는 거 아냐?"

"당연하지. 청승맞게 저기 어디 길 모퉁이에서 부르겠어?"

"눈이 이렇게 많이 내리는 밤에 말이야!"

최정화와 오신혜가 샐쭉하며 맞장구를 쳤다.

"식당은 본관 지하 2층에 있잖아? 거기서 소리를 지른다고 여기까지 들리나?"

"지, 진짜? 성량이 얼마나 크면 육성으로 부르는 노래가 본관 지하 2층을 뚫고 여기까지 들려오지? 그것도 아주 맑고 생생하게!"

"난 일억 수천만 장의 음반을 팔아먹을 만해."

"니들 미궛속에서라도 나 까지 마! 이런 뜻이네."

"하하하! 사자후가 따로 없네요. 과연 세계 원톱 가수의 위용입니다."

정희준과 지상욱 등이 채나의 가공할 성량에 탄성을 질렀다.

"다 좋은데 나 CF 건 좀 해결해줘. 김 회장!"

마무리로 최정화가 능청을 떨었고.

"아하하핫! 까르르르!"

무거웠던 분위기가 사라졌다.

사실, 이들을 대한민국 연예계를 쥐락펴락하는 스타들이 었다.

아무나 일본에 가서 연예활동을 한다고 사마, 선생님 소리 를 들을 수 있는 게 아니다.

아무나 드라마에 출연한다고 포스트 빅마마라는 평가를 받는 게 아니다.

아무나 스탠포드 대학을 나오고 그 유명한 배우 이소룡의 후계자 소리를 들을 수 있는 게 아니다.

굳이 '상대성 오징어 이론'을 끌고 와서 열등감에 사로잡 힐 필요가 없었다.

또 외계인하고 지구인은 비교 자체가 안 된다.

그 오랜 세월 동안 흐르던 강물도 때로는 거꾸로 흐를 때가 있어⋯⋯.

"헤헤, 감사합니다. 막간을 이용해 이광석 씨의 CF모델 등 극을 축하드리는 뜻에서 한 곡 불러드렸습니다."

채나가 〈거꾸로 흐르는 강물을 따라〉를 끝내고 꾸뻑 인사를 했다.

삑삑삑삑! 짝짝짝짝!

요란한 휘파람 소리와 박수 소리가 실내를 울렸다.

"근데 하필 소주 광고지? CF도 선수를 알아보나?"

채나가 술꾼 이씹팔단 이광석을 쳐다보며 조크를 던졌다.

"아하하하하하!"

하나같이 두툼한 겨울 외투를 걸친 수백여 명의 남녀노소가 폭소를 터뜨렸다.

〈블랙엔젤〉의 출연진들과 제작진 매니저들이었다.

사인용 통나무 탁자 백여 개가 쫙 깔려 있는 DBS 김천 야외촬영장 본관 지하 2층에 있는 식당.

이광석이 '저녁노을' 소주 CF를 찍은 기념으로 한턱 쏘는 자리였다.

"김채나! 김채나! 김채나!"

"앵콜! 앵콜! 앵콜!"

식당을 꽉 메우고 있던 〈블랙엔젤〉 관계자들이 채나를 연호하면 앵콜을 외쳤다.

"네네! 앵콜 외쳐 주시지 않아도 돼요. 한 곡 더 준비한 게 있거든요."

"으흐흐흐!"

채나가 최정화 말대로 기분이 좋긴 좋은 모양이었다.

얼굴에 가득 홍조를 담은 채 금기를 깨고 술자리에서 노래까지 했다.

"그동안 본의 아니게 모임에 참석하지 못해 죄송해요. 그래서 오늘 마마 언니와 함께 노래를 불러드리려구요."

"빅마마 박지은! 빅마마 박지은!"

채나가 박지은을 지목하자 스태프들이 일제히 박지은을 연호했다.

"우리 이 사범님 CF 건 진심으로 축하드립니다. 저도 김채나 씨처럼 그동안 회식에 몇 번 참석하지 못한 것 같네요. 사과드릴게요."

"마마와 채나가 부릅니다. 곡목은 〈디어 마이 프랜드〉!"

박지은이 공손하게 멘트를 했고 채나가 심플하게 곡목을 소개했다.

삑삑삑! 짝짝짝!

다시 휘파람 소리와 박수 소리가 실내를 뒤흔들었다.

사랑하는 친구… 너는 지금 어디에 있니?
너무 보고 싶어…….

"……?"

채나와 박지은이 〈디어 마이 프랜드〉를 막 부르기 시작할 때 식당으로 들어서던 정희준과 지상욱 등이 당황했다.

대, 대체 어떻게 된 일이지?

사공훈과 백세희 등 매니저들은 더 당황했고.

식당에 자리가 없었기 때문이다.

자리가 있기는 있었다.

바로 문 앞에 찬바람이 숭숭 들어오는 노예(?)들이 앉는 장소에 의자 십여 개가 덩그러니 놓여 있었다.

준사마 정희준이 누군가?

일본이나 동남아에서는 국가원수급 예우를 받는 연예인이었다.

정희준이 참석하는 모든 행사는 정희준의 일거수일투족에 맞췄다.

정희준의 까다로운 식성을 감안해 정희준의 어머니를 직접 모셔가 식사를 준비시킬 정도였다.

한데, 지금 이곳에서는 한쪽 구석에 자리 몇 개를 비워놓고 누구 하나 쳐다보지 않았으니……,

"자리도 뭣 같은 데를 남겨 놨네. CF 못 찍었다고 구박하는 거야, 뭐야?"

"아휴, 언니! 그 CF 소리 좀 그만해. 남들 들으면 욕하는 줄 알겠어."

"하하, 그래요, 누나! 스태프들이 깜빡했나 보죠, 뭐."

"죄, 죄송해요, 언니! 제가 먼저 와서 챙겼어야 했는데……."

최정화가 와락 짜증을 내자 오신혜와 지상욱이 달랬다.

매니저인 백소희가 한 박자 늦게 비위를 맞췄고.

올해 데뷔 20년째 되는 최정화는 연예계에서 '여우'로 통했다.

한때 '작은 사모님'이란 야릇한 소문이 돌 만큼 탁 국장과 가까운 탁병무 사단의 핵심멤버였다.

지금도 까칠하기 짝이 없는 정희준이 성질을 내고 분위기를 망칠까 봐 먼저 선수를 쳤던 것이다.

최정화의 오해였다.

정희준은 이런 상황에서 절대 화를 내는 사람이 아니다.

꾹꾹 참았다가 매니저인 사공훈이나 회사 직원들을 마른 북어 두드리듯 팬다.

어떻게 생각하면 '좌석 배치'라는 게 유치하지만 사회에서는 굉장히 중요하다.

회사를 예로 들어보자.

회사 전체 회식이 있는데 고위층들과 말단 직원을 한자리에 앉혔다면?

고위층도 그렇지만 말단 직원은 회식 시간 내내 바늘방석에 앉아서 회식이 아니라 금식을 하게 된다.

밥을 굶는!

자본주의의 최전방이라는 연예계는 두말할 필요가 없다.

사실, 오늘도 회식을 준비한 스태프들이 지난번처럼 정희준 등을 위해 VIP석을 비워뒀었다.

〈블랙엔젤〉의 총두목인 탁 국장이나 ㈜P&P의 박 회장, 원로 배우인 강춘식과 사미연 등이 앉아 있는 쪽에 세심하게 세팅을 했다.

예정에 없던 김채나 공연이 펼쳐지면서 채나교도들이 좀 더 가까운 곳에서 채나를 보기 위해 몰려드는 통에 정희준 등이 앉아야 할 자리가 없어졌던 것이다.

하지만, 지금 정희준이 기분 나쁜 이유는 다른 데 있었다.

"야, 사 팀장! 왜 저 자리에 미친개가 앉아 있냐?"

정희준이 D석, 소위 찌리석에 앉아 얼굴을 찌푸리며 식당 저편을 쳐다봤다.

"그, 글쎄요? 저도 기분이 좀 그러네요. 대표님이 앉으셔야 할 자리 같은데 왜 이광석 씨가 앉아 있는지 모르겠습니다."

사 팀장이 이미 감을 잡고 있었다는 듯 떫은 표정으로 안쪽 테이블을 힐끔거렸다.

정희준이 말한 미친개가 앉아 있는 테이블.

바로 그 맞은편에는 지금 막 노래를 끝낸 채나와 박지은이 앉아 있었다.

알다시피 정희준은 박지은 빠돌이다.

가뜩이나 바람이 숭숭 들어오는 찌리석에 앉아서 불쾌한데 박지은의 건너편에 술꾼 이광석이 앉아 있자 가슴속에서 차디찬 한기가 치밀어 올라왔다.

정희준의 기분이야 어쨌든 김 차장이 익숙하게 회식자리를 끌어갔다.

"이 사범… 인사부터 하시죠?"

"알겠습니다."

"격려사 한 말씀씩 부탁드립니다. 국장님, 박 회장님!"

"그러자고!"

"네! 그렇게 하죠."

"잠깐만 저를 주목해 주십시오."

탁 국장과 박 회장에게 격려사를 부탁한 김 차장이 지체없이 다음 순서로 넘어갔다.

"모두 아시는 것처럼 오늘 이 자리는 이광석 사범이 마련한 자리입니다. 이광석 씨!"

김 차장이 이광석을 짧게 소개하고 무선 마이크를 건넸다.

"제가 사주에도 없는 소주 CF를 다 찍었습니다. 여러분들 덕택입니다. 오늘 식사 맛있게 하십시오. 고맙습니다."

짝짝짝!

이광석이 간단하게 인사를 하자 인사만큼이나 간단한 박수가 나왔다.

아무도 휘파람을 불거나 농담을 던지지 않았다.

여전히 이광석은 살벌하고 껄끄러운 존재였다.

물론 이 사람은 예외였고!

"헤헤, 궁금하다, 언니! 과연 이씹팔단이 광고를 하면 '저녁노을' 소주가 잘 팔릴까?"

"웬 걱정? 매출 안 올라가면 이 사범이 몽땅 마셔 버리면 되지?"

"아핫핫핫!"

채나와 박지은이 이광석을 두고 개그를 하자 탁 국장과 박회장 등이 폭소를 터뜨렸다.

정희준의 기분이 더 나빠졌다.

쩌리석에 앉은 관계로 채나나 박지은의 목소리가 잘 들리지 않았지만 이광석과 뭔가 농담을 하는 것 같았다.

언제부터 저렇게 친해졌지?

정희준이 의문을 가질 만했다.

정희준이 아는 이광석과 채나는 삽자루가 날아다닌 사이였다.

박지은은 이광석을 짐승 취급했고!

세 사람은 정확히 서울 코리아 호텔에서 빅마마 저격 미수

사건이 있은 직후 서울시 경찰청 특수수사대에서 밤샘 조사를 받으면서 친해졌다.

표현에 약간 무리가 있지만 사선을 같이 넘은 동지들이었다.

"껄껄껄! 벌써 몇 번째인가요? 우리 〈블랙엔젤〉 출연진들이 CF를 찍었다고 한턱 쏘는 것이! 너무 많아서 다 외우지도 못하겠습니다."

"아하하! 오호호!"

탁 국장이 마이크를 들고 일어서서 격려사를 했다.

"감독으로서 가장 기쁠 때가 이럴 때입니다. 배우나 스태프들이 내가 맡은 작품 덕에 CF를 찍고 상을 받을 때! 할리우드에 가서도 이번 작품처럼 멋지게 해줬으면 하는 바람입니다. 이광석 화이팅!"

탁 국장이 어려운 영어로 격려사를 끝내자 박 회장이 곧 바로 일어났다.

"㈜P&P의 박영찬입니다. 이광석 씨의 연타석 홈런을 진심으로 축하합니다. 밥 아주 잘 먹겠습니다. 이광석 씨를 비롯한 모든 출연진과 스태프들이 너무 너무 열심히 해주신 덕에 우리 〈블랙엔젤〉은 어제 중앙아시아의 키르기스스탄과 계약함으로써 전 세계 75개국에 수출을 하게 됐습니다."

"와아아아—"

식당에 모여 있던 〈블랙엔젤〉 출연진들과 스태프들이 환성을 울렸다.

"매스컴에 보도된 대로 많은 수익을 올렸습니다. 여러분께 보너스가 지급될 것입니다. 기대하셔도 좋습니다."

"끼약! 총통 오빠 멋쟁이."

"싸랑해요, 박 회장님!"

"아하하하하!"

박 회장 입에서 보너스라는 말이 떨어지자 갑자기 장내가 떠들썩해졌다.

박 회장이 자리에 앉자 김 차장이 미소를 지으며 이광석의 소속사인 K7의 지 대표를 쳐다봤다.

한마디 하라는 뜻이었다.

"저는 지금 눈물이 마구 쏟아지네요!"

"까르르르!"

K7의 지 대표가 일어나 대뜸 눈가를 훔치며 신파극을 흉내 내자 식당이 뒤집어졌다.

"우리 미친개 이광석이가 CF를 다 찍고 이렇게 한턱을 쏘다니 두 번째 참석하면서도 긴가민가합니다!"

"와하하하!"

"대표님! 저 정말 술 끊었습니다. 믿어주십시오!"

지 대표가 계속 신파를 하자 이광석이 얼굴을 붉히며 소리쳤다.

"그래, 그래! 술 CF는 천 개를 찍어도 좋으니까 술은 제발 먹지 마라. 응?"

"술 한 잔도 먹지 않는 사람이 술 광고를 한다? 이거 말 되는 거요? 지 대표!"

"우후후후!"

탁 국장이 지 대표의 말을 받으며 조크를 날리자 식당 안에 다시 웃음의 물결이 번졌다.

"이 사범! 열심히 해줘서 정말 고맙다."

"껄껄껄! 이 사범 경사를 축하하다가 깜빡했습니다."

지 대표가 애원조의 격려사를 끝내고 자리에 앉자 탁 국장이 재차 자리에서 일어났다.

"우리 김채나 씨! 정규앨범 1집 초대박 난 거 진심으로 축하드립니다. 오 마이 갓— 선주문 1억 3,500만 장???"

탁 국장이 믿을 수 없다는 듯 양손을 크게 벌리며 코믹한 제스처로 채나의 대박을 축하했다.

"우와와와와와! 추카추카!"

〈블랙엔젤〉 관계자들이 식당이 떠나가라 환호를 했다.

"자아! 그런 의미에서 건배 한번 하겠습니다."

탁 국장이 맥주잔을 높이 들었다.

"이광석 씨를 위하여!"

"김채나 씨를 위하여!"

"우리 〈블랙엔젤〉을 위하여 건배!"

"건배—"

탁 국장의 선창에 따라 식당에 모인 모든 〈블랙엔젤〉 관계자가 합창을 했다.

6장

블랙엔젤 연장

"짜증, 짜증, 왕짜증!"

천 원짜리 PD, 천원정이 일회용 종이컵을 잘근잘근 씹었다.

"푸우― 50부작을 65부작으로 늘렸으면 됐지 무슨 100부작까지 늘린대 또?"

"윗분들도 어쩔 수 없을 거야. 시청자들이 홈페이지에 댓글 달아놓은 거 봐봐."

"어제 우리 〈블랙엔젤〉 홈피에 들어가 봤는데 연장하지 않으면 우리 회사를 폭파시킬 기세더라!"

"시키들아! 시청자들이 어쩌고 하는 건 다 핑계야. 돈이 되니까 난리를 떠는 거지!"

"하기야."

"아무리 돈이 돼도 그렇지 어떻게 50부작을 따블로 늘리냐? 참내!"

"모르긴 몰라도 100부작이 끝나면 〈블랙엔젤〉이 화이트엔젤로 바뀌어 있을 거다."

"흐흐흐! 낄낄낄!"

천원정 PD와 오동광 PD 등 〈블랙엔젤〉의 젊은 스태프 대여섯 명이 커피 잔을 든 채 DBS 김천 야외촬영장 본관 3층 휴게실을 서성거리며 수다를 떨었다.

"이제나 저제나 촬영 쫑 치는 날만 기다렸는데 진짜 짱 나네!"

"맞아! 간만에 울 앤이랑 불타는 연말을 즐기려고 찬란한 계획을 세웠는데 새 됐어."

"난 국장님이 〈블랙엔젤〉 쫑 치면 열흘씩 휴가를 주신다고 하기에 비행기표까지 예매했단 말야, 씨잉!"

천원정 PD를 비롯한 〈블랙엔젤〉의 젊은 스태프들이 '블랙엔젤 엿가락 늘리기'에 불만을 품고 연신 투덜댔다.

투덜거릴 만도 했다.

사실, 인기 드라마의 엿가락 늘리기는 광고주나 투자자 제작진 고위층들이나 좋을 뿐 작가나 출연진, 천원정 PD 같은 말단 제작진들에게는 그리 좋을 게 없었다.

나름대로 다음 스케줄들이 잡혀 있었기 때문이다.

드라마가 끝나면 회사에서 적으나마 수당도 줬고 미뤘던 휴가도 갈 수 있었다.

한데, 지금 〈블랙엔젤〉처럼 계속 연장되면 급 피곤해진다.

지금 옆에 있는 회의실에서 박 회장이 배팅하듯 돈이라도 왕창 주면 피로가 가셨지만!

"〈블랙엔젤〉이 연장되거나 말거나 저 회의나 빨리 끝났음 좋겠다."

"이하동문이다. 벌써 몇 시간째냐?"

"오늘 촬영이 일찍 끝나기에 12시 전에 집에 가나 했더니 또 청소차랑 같이 들어가게 생겼어, 쉬발!"

〈블랙엔젤〉의 젊은 스태프들이 이번에는 휴게실 밖을 쳐다보며 툴툴거렸다.

드라마 PD나 예능 PD들에게는 밤낮이 없었다.

스튜디오나 촬영장 형편에 맞춰 밤 12시고 1시고 촬영을 했다.

〈블랙엔젤〉처럼 초대형 드라마는 더욱 바빴고!

PD가 왜 피곤하고 더러운 직업인지 쉽게 가르쳐 주는 대목 이다.

그리고 청소차는 대개 새벽에 다닌다.

"오 PD님! 축하합니다. 캔 프로 공연기획실장으로 가시는 거!"

바로 그때, 정희준의 매니저 사공훈이 다가오며 뜬금없이 오동광 PD에게 축하 인사를 건넸다.

"캔 프로 공연기획실장?!"

"똥 PD가??"

천원정 PD 등 〈블랙엔젤〉의 젊은 스탭들이 일제히 쌀벌레처럼 생긴 오동광 PD를 쳐다봤다.

사공훈의 말이 너무 뜻밖이었기 때문이다.

다른 사람도 아닌 상사들에게 똥 PD라고 찍힌 오동광 PD가 캔 프로의 공연기획실장으로 스카우트됐다니?

"흐으으… 올해까지는 DBS에서 근무해야 돼요."

오동광 PD가 얼굴을 붉혔다.

"하하! 올해가 얼마나 남았다구요? 제 개인적인 생각이지만 정말 잘 결정하셨어요. 오 PD님 성격상 필드보다 기획 쪽이 훨씬 잘 맞을 겁니다. 게다가 김채나 씨가 팍팍 밀어줄 테구요."

"그래서 더 걱정이에요. 채나 씨 얼굴에 먹칠할까 봐!"

오동광 PD가 정말 걱정이 되는지 얼굴을 굳히며 머리칼 없는 머리를 긁적였다.

그 순간, 천 PD가 오동광 PD의 멱살을 잡아챘다.

"푸푸푸푸—"

천 PD가 오동광 PD를 벽에 밀어붙이며 씩씩댔다.

"처음부터 끝까지 숨기지 말고 불어 이 음흉한 시키야! 뭐가 어찌 된 거야?"

"너, 너도 알잖아? 나 전부터 회사 그만두려고 한 거!"

"오냐! 거기까진 자알 안다."

"난 더 이상 사람들 상대하는 일은 못하겠어. 어제도 봐! 열아홉 살짜리 코디 아가씨가 나 보고 지가 만든 눈사람 같다고 놀려 대잖아? 사람들 잔뜩 있는데서."

"……!"

"얼마 전에 채나 씨한테 스태프로 써달라고 부탁했어. 앞으로 채나 씨 월드 투어를 기획한 미국 AAA사 스태프들을 쫓아다니며 일도 배우고 공부도 할 예정이야. 열심히 배워서 몇년 뒤에 캔 프로 연예인들의 공연을 본격적으로 기획할 거구!"

"자식! 채나 씨하고 얘기가 끝났구나?"

"그럼… 내 인생이 걸린 일이잖아?"

"그래! 넌 이제부터 뭔가 잘 풀릴 것 같다. 근데 앞으로 내가 걱정이다."

"왜?"

"그나마 니가 옆에 있어서 내가 좀 잘나 보였잖아 시키야……."

천원정 PD는 '상대성 오징어 이론'을 몸으로 체득했다.

"으흐흐, 걱정 마! 내년에는 코스닥에 상장도 해서 회사에서 신입 PD를 많이 뽑는다니까 나 같은 쩌리들이 또 들어 올 거야."

"농담이야, 임마! 넌 얼굴하고 대가리가 반비례하는 놈이니까 사 팀장님 말대로 기획 쪽 일은 잘할 거다. 꼭 사장 돼라. 내 자리 확실하게 찜해놓고."

"알았어!"

천원정 PD와 오동광 PD가 하이파이브 한 번으로 작별 인사를 대신했다.

"야, 천 PD, 오 PD! 회의 끝났어."

"예에, 갑니다!"

천 PD와 오 PD가 재빨리 복도를 뛰어갔다.

누군가, 사람의 운명은 얼마나 노력하느냐에 따라 결정되는 것이 아니라 어떤 사람을 만나느냐에 따라 결정된다고 했다.

능력 있는 부모, 좋은 친구, 괜찮은 애인…….

딱 인간이 되기 전 단계의 용모를 소유한 오동광 PD.

채나라는 좋은 친구를 만났다.

*　　　*　　*

1. 〈블랙엔젤〉을 65작에서 100부작으로 연장한다.

2. 김채나가 출연하는 모든 씬은 미국 LA 파라마운트사 스튜디오에서 촬영한다.

3. 제반비용은 모두 ㈜P&P에서 부담한다.

이 세 가지 사항을 장장 3시간 만에 결정한 오십여 명의 〈블랙엔젤〉 관계자가 DBS 김천 야외 촬영장 본관 3층의 회의실을 빠져 나왔다.

"껄껄껄! 하하하!"

사람들이 거의 나갔을 때 탁 국장과 박 회장이 너털웃음을 터뜨리며 문 차장, 김 차장 등과 함께 회의실을 걸어 나왔다.

"고맙다, 김채나. 힘든 결정을 해줬어."

탁 국장이 박지은과 함께 뚱한 표정으로 회의실 문 앞에 서 있는 채나를 보며 말을 붙였다.

"정말 고마워, 채나 씨! 아까도 말했지만 난 돈이 문제가 아니에요. 내 생애에 기념적인 작품을 남기고 싶어요."

뒤질세라 박 회장도 채나에게 말을 건넸다.

"이하동문입니다. 제가 죽으면 '대하드라마 100부작 블랙

엔젤 총감독 탁병무 여기 잠들다' 이렇게 묘비에 새겨달라고
할 겁니다."

"핫핫! 저는 우리 집안의 족보에 올릴 겁니다."

탁 국장과 박 회장이 기분이 몹시 좋은 듯 평소와는 다르게
실없는 멘트를 날렸다.

반대로 채나는 여전히 뚱한 표정이었다.

방금 끝난 회의석상에서도 쓰다 달다 한마디도 하지 않았
다.

예전에 〈우스타〉 관계자 회의를 할 때처럼 한쪽 구석에 삐
딱하게 앉아 묵묵부답이었다.

박지은이 대변인 역할을 했고.

'후후, 이 녀석 흥분했네? 그래서 말이 없었구나. 아까 노
래할 때 음을 다 틀리고!'

아까부터 조심스럽게 채나를 살피던 박지은이 채나의 세
번째 노예답게 채나의 속마음을 명확히 읽었다.

사실이었다.

옆에서 부모가 죽어 나가도 침착성을 잃지 않도록 조련된
선문의 대종사다.

그 채나가 벌써 며칠째 이 자세였다.

언뜻언뜻 멍한 표정이 됐다.

정확히 말하면 미국의 메이저 음반회사인 EMA에서 정규1집

초대박 소식을 전했을 때부터였다.

1억 3,500만 장!

이 천문학적인 숫자에 장본인인 채나조차 패닉 상태가 됐던 것이다.

"어이, 김채나! 날씨도 꿀꿀한데 2차 가야지?"

"2차?"

탁 국장의 입에서 2차라는 말이 떨어지자 그때서야 채나가 반응을 보였다.

탁 국장이 말하는 2차는 채나가 먹는 것 다음으로 좋아하는 도박!

포커를 말했다.

"준사마 별장 알지? 거기로 헤쳐 모이기로 했어. 가자구!"

탁 노름꾼이라는 별명답게 탁 국장은 포커를 즐겼다.

상대가 연예인이든 스태프든 가리지 않았다.

총알이 충분하고 입이 무겁고 승부를 즐길 줄 아는 사람이면 누구나 오케이였다.

실력 또한 만만찮아서 프로 3단쯤 됐다.

알다시피 채나는 사문에서 음악과 도술을 배웠다.

도술 중에서 가장 뛰어난 재능을 보여주는 것이 바로 포커였다.

그 늠름한 실력으로 몇 번인가 탁 국장과 정희준을 홀딱 벗겼고!

"바이! 오늘 나 개털이야."

신기하게도 채나가 그 좋아하는 포커 판을 거부하고 본관 일 층 현관에서 작별 인사를 했다.

쓱!

그리고 하얀 눈이 내리는 밤하늘을 쳐다봤다.

짱 할아버지가 보고 싶어.

채나가 밤하늘을 보며 이렇게 읊조렸다.

하지만 채나의 바람대로 짱 할아버지는 나타나지 않았다.

대신 아주 수려하게 생긴 중년 남자가 나타났다.

아, 아빠다!

아니, 중년 남자가 아니었다.

눈송이가 바람에 흩날리면서 사람의 형상처럼 보일 뿐이었다.

그래, 아빠. 조금만 기다려!

이제 누구와 싸워도 지지 않을 준비가 됐어.

아직 한 국가를 상대로 싸우려면 총알이 좀 부족하지만 괜찮아!

나는 놈들을 알지만 놈들은 나를 모르거든!

타타탁!

갑자기 채나가 눈보라가 치는 길을 뛰어갔다.

"채나 차 가지고 쫓아가봐, 오 PD!"

"예, 누나!"

박지은이 걱정이 되는 듯 오동광 PD에게 손짓을 했고.

"오냐! 곧 니네 회사 오너가 될 텐데 잘 보여야지!"

탁 국장이 웃으면서 한마디 거들었다.

"다녀오겠습니다."

"눈길 조심해!"

오동광 PD가 잽싸게 눈 속으로 뛰어 나갔다.

또 한 사람.

이광석이 채나처럼 눈 내리는 하늘을 힐끗 본 후 천천히 오동광 PD을 따라갔다.

그리고 또…….

＊　　　＊　　　＊

—ㅋㅋㅋㅋㅋㅋㅋㅋㅋㅋㅋ……. 어어어어어어 3,500만 장이래래…….

—1억 3,500만 장, 1억 3,500만 장, 1억 3,500만 장……. 쉬발 미친… 우리 교주! 선주문 1억 3500만 장이랜다.

—근디 왜 한국은 선주문을 안 받는 거야? 졸라 답답하네. 빨랑 뚜

껑 열어. 또 칼쌈하냐, 개개끼들아!

—어화둥둥 내 사랑 우리 교주님. 어화둥둥, 내 사랑 우리 교주님. 태극기를 달아라. 만국기를 달아라. 태극기를 달아라. 만국기를 달아라.

—히히히히. 전 세계 암 퇴치 홍보대사 김채나. 최소 1억 3,500만 명은 암에서 구했음.

—겨우 1억 3,500만 장? 딱 팬들만 한 장씩 샀네. 나머지는 몽땅 지옥 가라!

—만세 만세 만만세! 만세 만세 만만세! 교주님 만만세! 1억 3,500만 장, 초초초대박이다.

—정부에서는 뭐하는 거여? 뉴월드 레코드를 세웠는데 진심 훈장 하나쯤 줘야 되는 거 아녀?

—돈돈돈돈! 그것이 궁금하다. 울 교주님 얼마나 벌었을까?

—이 사이트에 들어가 보세요. 10원짜리 한 장까지 계산해 놨습니다. 참고로 난 새나라 레코드사 마케팅 팀장임.

—야! 울 나라는 왜 선주문 안 받아? 도대체 어디서 예약을 받는 거야? 갠 프로 쉬발 놈들아! 어디서 또 대가리 터지냐?

—진짜 노답이다. 다른 나라에서는 1억 3,500만 장이나 예약이 들어왔다는데 한국은 깜깜해, 키키키⋯⋯.

—마잭 오빠, 돈나 휘트니 누나! 미안해서 어쩌죠? 울 교주님이 세계 짱이래!

—빌보드에 이어 음반도 세계를 먹었다. 다음은 월드 투어야!

바로 뒤에서 김채나 연합 팬덤에서 채나의 정규앨범 1집의 초대박을 축하하는 뜻으로 기획한 1억 35,00만개 댓글이 릴레이를 이루며 쫓아갔다.

*   *   *

국립 한국체육대학교는 1977년도에 개교를 했다.

이 대학의 설립 목적을 보면 국가, 민족, 인류 등 엄청난 어휘들이 나오는데 사실은 간단했다.

인기 스포츠 종목에 밀려 대학에 진학하지 못하는 소위 비인기 스포츠 종목 학생 선수들을 국가에서 개입해 소수 나마 구제하고 장차 대한민국의 체육을 발전시킬 우수한 지도자로 육성하는 데 그 목적이 있었다.

덕분에 이 대학에는 육상, 수영, 체조 등 기초 종목과 태권도, 레스링, 유도, 복싱 등 격기종목과 사격, 양궁, 역도, 배드민턴, 테니스, 핸드볼, 필드하키 등의 부서가 있을 뿐 스포츠계의 빅4로 불리는 축구, 야구, 농구, 배구부는 없었다.

더불어 한국체육대학교는 대학의 설립 목적을 200%로 달성해 재학생들과 졸업생들이 세계대회나 올림픽에 나가 눈부신 성적을 거두고 세계만방에 대한민국의 위상을 빛내는 혁혁한 공을 세웠다.

서울의 수은주가 영하 13도까지 떨어진 날.

꽤나 추운 겨울날이었다.

오전 열 시쯤 됐을까?

잠실에 있는 한국체육대학교 캠퍼스로 스카우터 한 명이 찾아왔다.

세계적으로 유명한 저명인사였다.

구구궁!

이 스카우터는 영국제 렌지로버 최고급 SUV 승용차를 타고 왔는데 흰색 가죽 재킷에 앵클부츠를 신은 아주 귀여운 인형처럼 생긴 사람이었다.

여자라고 하기에는 왠지 사이해 보였고 남자라고 하기에는 너무 예뻤다.

채나가 이 학교에 재학 중인 선수를 스카우트하려고 대통령보다 더 빡빡한 스케줄을 무릅쓰고 달려왔다.

약간 이상한 것은 스카우트 대상이 사격선수가 아니라 역도 선수라는 점이었지만!

채나가 주차장에 채나 1호를 파킹시킨 후 보도블록으로 단장된 인도로 올라왔다.

"녀석! 여전히 열심이네."

한순간, 채나가 걸음을 멈추고 넓은 운동장 저편을 바라보며 미소를 지었다.

초록색 인조 잔디를 중심으로 붉은색 우레탄이 깔린 사백 미터 육상 트랙이 자리 잡은 그라운드에서 트레이닝복을 걸친 백여 명의 학생이 혹한의 날씨에도 불구하고 허연 입김을 내뿜으며 열심히 뛰었다.

그리고… 방그래가 육중한 체구에 거대한 타이어를 매단 채 묵묵히 뛰고 있었다.

"……!"

그때 트랙을 뛰어오던 남학생 하나가 채나를 발견했다.

"전체 제자리 섯!"

태극마크가 선명한 트레이닝복을 걸친 남학생이 씩씩하게 외쳤고.

무리지어 뛰던 남학생들이 일제히 걸음을 멈췄다.

채나가 환한 미소를 머금었다.

"일동 차렷! 김채나 코치님께 경례!"

"안녕하십니까, 선생님!"

"어서 오십시오, 코치님!"

남학생의 구령에 맞춰 이십여 명의 학생이 정중하게 허리를 숙이며 인사를 했다.

"헤헤헤! 지난번 전국체전에서 만났던 체대 사격부 녀석들이구나. 반가워!"

전문적으로 운동을 하는 선수들이거나 스포츠 분야에 종사하는 사람들은 대부분 지금 채나가 말하듯 한국체육대학교를 간단히 체대라고 부른다.

　"우리 학교를 방문해 주셔서 영광입니다. 코치님!"

　"진짜진짜 뵙고 싶었습니다. 코치님!"

　"응응! 반가워, 반가워."

　학생들의 환호에 채나가 검지를 빠르게 흔들며 특유의 제스처로 답했다.

　"여어어— 이게 뭔 일이여? 15관왕 선생이 우리 학교를 다 왔네?"

　"어이구! 1억 3,500만 장의 메가 히트를 치신 세계신기록 보유자께서 오셨군요."

　그때 깔끔한 양복을 걸친 사내 두 명이 활짝 웃으며 채나 쪽으로 걸어왔다.

　84년 LA올림픽 공기소총 은메달리스트로서 현재 한국체육대학교 경기지도학과 부교수 겸 사격부 감독을 맡고 있는 기종길 교수와 아틀란타 올림픽 속사권총에서 금메달을 따고 아시안게임에서 2관왕에 오른 경기지도학과 전임강사 겸 사격부 송재만 코치였다.

　"후우, 안녕하셨어요? 기 감독님! 송 코치님도 얼굴 좋네."

채나가 환하게 웃으며 기 감독과 송 코치와 악수를 교환 했다.

"하아 참! 이거 정말 잘됐구만. 그러잖아도 지금 마사회에 들어가려고 이 엄동설한에 말도 안 되는 양복을 걸치고 나왔는데!"

"김 코치 노래를 들으면 모든 스트레스가 날아가고 만병이 치유된다고 하더니 정말인가 보네요? 김 코치 얼굴만 봐도 마음이 확 놓입니다!"

"핫핫! 글쎄 말이야. 자자, 내 방으로 가자구. 김 코치한테 어떻게 하면 세계 스포츠계에 유래가 없는 15관왕이 될 수 있는지 비결도 좀 들어보고!"

"하하하, 저는 어떻게 노래를 부르면 1억 5,000만 장이나 되는 CD를 팔 수 있는지가 더 궁금합니다."

"에헤헤헤! 15에서 10을 빼주시죠. 1억 5,000만에서도 1,500만을 빼주시고. 애들도 있는데 구라는 안 되죠. 정확히 전국체전 5관왕이구 1억 3,500만 장 예약 받았답니다."

"천하의 김채나가 언제부터 이렇게 수다를 떨었지? 어쨌든 제83회 제주도 전국체육대회 최우수 선수 맞잖아?"

"한국을 제외하고 1억 3,500만 장의 선주문이 들어온 게 확실하구요."

"개그였는데 못 알아 들으셨어요? 개그였거든요. 헤헤헤!"

"훗훗훗! 핫핫핫!"

채나와 기 감독 송 코치가 마주보며 웃음을 터뜨렸다.

"추운데 어서 내 방으로 가자구. 가서 따뜻한 차라도 한 잔 해."

"어떡하죠? 제가 좀 바쁜데… 총장님 뵐 일도 있고."

"아, 저 녀석?!"

"네에!"

채나가 바쁘다고 말하자 기 감독이 대뜸 운동장 저편에서 뛰고 있는 방그래를 가리켰다.

"그 행사 오후 1시부터라고 하던데 내가 잘못 들었나?"

"명숙이 언니도 만나야 하거든요."

"양궁부 깡패 여명숙이?"

"헤헤, 네네! 깡패 교수님 맞죠!"

"전화해서 내 방으로 오라고 해. 같이 차 한 잔 하지, 뭐!"

"쩝쩝… 알겠습니다."

"송 코치는 애들 데리고 와."

"예, 감독님!"

채나가 기종길 감독과 함께 보도 불럭이 깔린 공터를 가로질러 소나무가 심어진 넓은 길을 걸어갔다.

채나와 기 감독은 이미 오래전부터 친분이 있었다.

채나가 미국 사격 주니어대표 팀 선수였을 때 구 감독은 한국 사격 청소년대표팀 감독으로서 시합장에서 여러 번 만났던 사이였다.

지난번 전국체전 때는 제주도에서 만났고.

"근데 축하해야 되는 거야? 쉬쉬해야 되는 거야? 김 코치 마사회 부장님으로 승진한 거 말야!"

기 감독이 채나를 쳐다보며 씨익 웃었다.

"우씨! 그건 때문에 눈치가 보여서 한 달에 한두 번 나가던 회사도 이젠 못 나가겠어요. 승진을 시키려면 감독님을 먼저 시켜야지 나만 무슨 부장인지 뭔지를 달아줘서, 원!"

나흘 전, 황정기 한국마사회장은 채나를 회장실로 불러 총무이사와 홍보실장이 입회하고 권세호 사격단 감독이 배석한 자리에서 홍보실 스포츠부장 겸 사격단 수석코치로 임명한다는 사령장을 수여했다.

채나가 마사회에 입사한 지 채 일 년도 안 된 날이었다.

그 자리에서 총무이사가 '한국마사회 홍보실 스포츠 부장 겸 사격단 수석코치 김채나'라고 인쇄된 예쁜 명함을 줬지만 고작 이틀째 되는 날 채나는 그 명함을 어디에 뒀는지 기억조차 못했다.

이렇듯 채나는 승진에 관심이 없었지만 한국마사회에서는 전국체전에서 5관왕을 하는 등 그동안 회사 홍보에 엄청난 공헌을 했다고 평가해 문화체육부 장관의 허락까지 받아 특

채를 했던 것이다.

이제 채나는 스포츠 부장으로 임명됨으로써 한국에 들어와 처음 코치로 취업을 했을 때처럼 소위 비정규직이 아니라 신분이 보장되는 한국마사회의 정식 직원이 됐다.

한국마사회 정식 직원 김채나.

왠지 지금은 코믹하게 들렸다.

"뭔 소리야? 권 감독도 연봉을 왕창 올려줬다면서!"

"회사 관계자들 애기로는 섭섭잖게 대우를 해줬다고 하든데 여전히 계약직이세요. 직급도 과장인가 뭔가 그렇구!"

"코치는 부장에 정식 직원이고 감독은 과장에 계약직이라? 나가라는 말보다 더 하구만!"

"씨이! 그래서 제가 그만두려고 했는데 권 감독님이 제가 그만두면 마사회 사격단이 흔들리느니 우리나라 사격계가 어쩌니 하고 겁을 주셔서 어쩔 수 없이 주저앉았어요."

"어이쿠— 이 사람이 무슨 큰일 날 소리를 하는 거야? 지금!"

채나가 투덜대자 기 감독이 펄쩍 뛰었다.

"권 감독 말이 백 번 지당해! 김 코치가 마사회를 그만두면 절대 안 돼. 지난여름 김 코치 TV 프로 자진하차 건을 생각해 보게. 아직도 열 받아서 난리를 피우는 팬들이 부지기수야. 한데 지금 자네가 마사회 코치를 그만둬 봐? 당장 대한민국이 뒤집어질 걸세. 또 위에서 압력을 넣어 낙마시킨 줄 알고 말야!"

기 감독이 못 들을 말을 들었다는 듯 귀를 후벼 파며 머리를 설레설레 저었다.

"······!"

"자네는 대한민국 사격계를 위해 봉사한다 생각하고 무조건 이름만이라도 걸어 놔! 늙어 죽을 때까지 말야. 뭐 권 감독 일이야 본인이 알아서 하겠지. 솔직히 직급이 과장이면 어떻고 부장이면 어떤가? 월급만 많이 받으면 되지! 또 김 코치가 사격단에 매달려 있는 사람도 아니잖아?"

"헤헤! 권 감독님은 한 달에 한 번도 못 봬요."

"그러니까! 자네는 그저 사격단 쪽 일은 모르쇠로 일관해. 그럼 다 좋아져. 권 감독도 마사회도 국민들도!"

기 감독과 채나가 두런두런 대화를 나누며 조금은 오래된 듯한 건물로 들어섰다.

"감독님 방은 지하에 있는 거예요?"

채나가 기 감독을 따라가며 지하로 내려가며 째지는 목소리로 말했다.

"실내 사격장도 가깝고 괜찮아. 인기도 없고 성적도 별 볼 일 없는데 방 빼라고 하지 않는 것만도 감지덕지야."

사회의 조직은 모두 이렇다.

인기가 있고 수익을 많이 내는 부서가 가장 좋은 방 가장 쾌적한 사무실을 차지하는 것은 오랫동안 내려온 알기 쉬운 진리였다.

대학이라고 해서 예외는 아니다.

"치이! 사격 협회는 도대체 뭐하는 거야? 경기 방식을 바꾸든가 뭔가 수를 써서 사격을 대중들에게 어필해야지 이런 두더지 신세를 면하지!"

채나가 퀴퀴한 곰팡이 냄새가 풍기는 기 감독 방을 돌아보며 떫게 입을 열었다.

"그래도 이번에 한 건 했잖아? 15관왕!"

"어후, 그것도 아이디어라고… 제주도에 있으면서 얼마나 창피했는지 몰라요."

"핫핫핫! 자네가 바꿔. 자네가 한국체육회 이사가 됐으니까 판을 확 바꿔봐."

"네에! 정말 심각하게 생각을 해봐야겠어요."

채나가 작심한 듯 눈을 가늘게 떴다.

채나가 결심하면 안 되는 일도 된다.

"한데 말야. 하나 물어보자고, 김 코치!"

기 감독이 채나를 자신의 방까지 데리고 온 첫 번째 용건을 밝혔다.

"네, 감독님."

"마사회에서 내년 가을에 남자 사격단을 창설한다는 게 사실이야?"

"아, 네! 권 감독님이 몇 번 말씀하시기에 제가 마사회장님께 건의를 드렸어요. 회장님이 긍정적으로 검토하신다더니 며칠 전에 윗분들과 얘기가 끝났다고 하시던데요. 구체적인 내용은 연초에 발표하고!"

"호오, 사실이었구만! 정말 자네는 사격계에 꼭 있어야 할 보배야."

똑똑똑!

노크 소리와 함께 송 코치가 '한국체육대학교'라고 새겨진 트레이닝복을 걸친 세 명의 여학생을 데리고 사무실로 들어왔다.

"어서들 와라. 정말 뵙기가 힘든 분이다. 이런 기회에 정식으로 인사를 해. 내년 봄부터 너희를 지도하실 한국마사회 김채나 스포츠부장님이시다!"

"아이! 안녕하세요, 선생님! 이, 이금실이에요."

"한희정입니다!"

"유화자예요."

여학생들이 이미 채나를 잘 알고 있는 듯 얼굴이 발개지며 공손하게 인사를 했다.

채나교도들이었다.

"조만간에 마사회에 들어가 윗분들께 인사시키겠네. 내년 봄에 한국마사회에 입사할 우리 학교 사격부 아이들일세."

"헤헤! 우리 여러 번 봤지? 금실이하고 희정이, 화자, 반가워."

"네네! 선생님. 그치만 이렇게 가까이 뵌 건 처음이에요. 영광입니다."

"히이이… 우린 모두 채나교 광신도들이에요."

채나가 인사를 하자 여학생들이 반색을 했다.

채나가 가장 듣기 좋아하는 호칭이 언니 혹은 누나다.

그것보다 딱 두 배 더 좋아하는 호칭이 선생님이었다.

"우헤헤헤, 자식들! 그렇게 얘기하니까 더 예뻐 보이네. 목소리도 귀엽고!"

채나가 지갑 속에서 수표 한 장을 재빨리 꺼냈다.

"금실아! 이거 가지고 가서 친구들 하고 밥 먹어."

"아이, 우린 식당에서 먹으면 돼요. 선생님……."

"받아, 임마! 그리고 니들만 먹어. 다른 녀석들은 절대 사주마. 곧 우리의 적이 될 녀석들이야."

"히히히, 네!"

"고맙습니다, 선생님!"

이금실이 넙죽 인사를 하고 돌아선다가 수표를 보고 눈이 커졌다.

"서, 선생님— 이거 백만 원짜리 수표인데요?"

"백만 원?!"

이금실의 백만 원이라는 말에 기 감독과 송 코치가 움찔했다.

"그래! 부족하면 선생님한테 전화해. 잽싸게 달려갈게."

코치나 감독, 학부모들이 어떤 운동부를 방문하면 선수들에게 용돈을 주거나 밥을 사주는 것은 아주 오래된 관례였다.

하지만 채나처럼 백만 원씩 질러주는 사람은 극히 드물었다.

선생님이라고 부른 결과였다.

와당탕!

그 순간 노크도 없이 문이 열렸다.

"선생님! 저도 데려가 주세요, 흑흑……."

이금실 등 여학생들과 똑같은 트레이닝복을 입은 키가 자그마한 노경미가 눈물을 뚝뚝 흘리며 들어왔다.

"흑흑! 저도 마사회 들어가고 싶어요. 진짜진짜 열심히 할게요, 선생님!"

노경미가 채나 앞에 무릎을 꿇은 채 눈물을 쏟았다.

"……."

일순 기 감독 방이 싸늘해졌다.

기 감독이 채나를 이곳까지 데리고 온 마지막 이유였다.

기 감독은 취업이 안 된 노경미를 채나에게 부탁하려고 했던 것이다.

"너… 취업 안 됐어?

"네, 선생님, 흑흑흑! 오, 올해 성적이 좋지 않아서 받아주는 데가 없어요!"

채나는 오랫동안 사격선수 생활을 해왔다.

노경미가 왜 우는지 쉽사리 눈치챘다.

"저기, 김 코치… 경미야! 일단 나가 있어."

"그래, 녀석아! 손님께 이런 행동을 보이는 것은 큰 실례야."

"전 죽어도 못 나가요, 흑흑흑! 선생님이 저 데려가 주시기 않으면 여기서 죽을 거예요."

기 감독과 송 코치가 황급히 만류를 했지만 노경미는 막무가내였다.

이것이 우리나라 학원 스포츠의 문제점이었다.

초등학교 시절부터 학업을 등한시하고 죽기 살기로 운동에만 매달린다.

성적을 내지 못하고 대학이나 실업팀에 스카우트되지 못하면 그것으로 끝이다.

평생 배운 게 운동밖에 없는데 어디 가서 뭘 한단 말인가?

지금 노경미가 그랬다.

얼마나 절박했으면 대학 4학년이나 된 여학생이 무릎을 꿇고 울면서 사정을 할까?

"네, 이사님! 체대 4학년 노경미요. 내일쯤 인사시킬게요. 물론 회장님이나 총무이사님도 오케이하셨어요. 헤헤헤… 이사님도 그 정도 끗발은 있으시다구요. 고맙습니다."

채나가 휴대폰을 끊었다.

"감독님!"

"그, 그래? 김 코치!"

"내일 오전 중으로 금실이, 화자, 희정이, 경미 데리고 마사회에 들어가 회장님께 인사드리세요."

"경미도 말인가?

"헤헤, 제가 좀 힘이 있나 보네요. 인사부장님, 총무이사님, 회장님까지 모두 오케이하셨어요."

"고, 고맙습니다. 선생님, 흑흑… 이 은혜 절대 잊지 않을게요."

"괜찮아, 임마! 네 맘은 백번 이해해. 친구들은 모조리 취업이 돼서 나가는데… 얼마나 마음고생이 심했겠니? 부모님 보기도 그렇고 후배들 보기도 그렇고!"

"흑흑흑, 선생님……."

"금실아! 경미 데리고 가서 밥 먹어."

"네에, 선생님."

"감사합니다, 선생님!"

금실이가 경미를 일으켜 세우고 다시 한 번 정중하게 인사를 하고 방을 나갔다.

"정말 미안하네. 실은 경미 문제를 김 코치하고 상의를 하려고 했었네."

"고맙습니다, 김 코치. 이 신세 꼭 갚겠습니다."

기 감독과 송 코치가 얼굴이 벌게진 채 사의를 표했다.

"이게 대체 무슨 일인지 모르겠어요. 취업이 안 돼서 난리들이에요."

"경미 녀석이 일이 학년 때는 괜찮았는데 삼학 년 때부터 성적을 못 내서 군청이나 시청에서도 난색을 표하더라구. 권 감독한테 여러 번 부탁했는데 얘기가 안 됐어. 마사회 가서 간부들에게 사정하려고 나섰던 길이었네!"

"아, 네에……."

"야, 김 이사! 니가 땅강아지냐 바퀴벌레냐? 왜 이 시궁창 냄새 나는 지하실에 있어?"

바로 그때,

여명숙 교수가 특유의 양철지붕 긁는 목소리를 냅다 지르며 들어왔다.

여명숙 교수가 감독으로 있는 양궁부는 학생 전체가 모조리 국가대표 출신이었다.

시드니 올림픽 금메달리스트도 있었다.

당연히 지난 전국체전에서는 싹쓸이를 했고!

물론, 여명숙 교수의 방은 이 학교에서 가장 위치가 좋은 꿀벌이나 나비들이 사는 본관 2층의 중앙에 자리 잡고 있었다.

땅강아지에 바퀴벌레라?

도대체 이 활 쏘는 깡패는 정이 안 가!

기 감독과 송 코치의 얼굴이 일그러졌다.

7장

한국CNA재단 입단식

"벌써 1시가 다 됐잖아? 야, 이거 어떻게 켜는 거냐, 김 기자? KBC 좀 틀어봐 빨리!"

MBS 보도본부의 공갈배 기자가 SUV 승용차 조수석에 앉아 차내에 설치돼 있는 모니터를 살펴보며 소리를 질렀다.

[정부는 오늘 긴급 관계 장관 회의를 갖고…….]

"오늘은 중계 안 하는 모양인데요?"

모니터에서 남자 아나운서가 전하는 뉴스가 흘러나오자 핸들을 쥔 채 열심히 운전을 하던 김배영 기자가 눈을 껌뻑였다.

"그러네! 뉴스가 나와?"

공 기자가 고개를 갸우뚱했고.

"웬일이지? 김채나 자매 방송사라는 KBC에서 중계를 안해?!"

여기저기 채널을 돌렸다.

"하여튼 캔 프로 인간들… 주먹잡이들만 있어서 그런지 진짜 일 못해! 오후 1시에 입단식을 시작한다면서 12시에 연락하면 어쩌자는 거야? 취재를 하라는 거야, 말라는 거야, 썅!"

공 기자가 답답한 듯 주먹으로 승용차 시트를 두드렸다.

알다시피 캔 프로는 채나가 소속된 주로 프로권투시합을 주최하는 기획회사다.

강동주 관장이 대장이고.

"공 선배님! 방그래 선수가 한국CNA재단에 입단하는 게 그렇게 중요한 소식인가요? 방 선수가 대단한 스타도 아니고 잠깐 반짝했던 역도선수……."

공 기자가 마구 짜증을 낼 때 ENG 카메라를 든 채 뒷좌석에 앉아 있던 차경주 촬영기자가 의아한 표정으로 입을 열다가 룸 밀러로 째려보는 공 기자의 얼굴을 보며 말꼬리를 흐렸다.

"넌 또 뭐냐? 너도 캔 프로 직원이냐?"

"까르르르! 낄낄낄!"

공 기자가 눈을 부라리자 왕빛나 기자와 김 기자가 낄낄댔다.

"차 선배도, 참! 우리가 지금 방 선수 때문에 허겁지겁하는 게 아니잖아?"

"......!"

왕 기자의 간단한 힌트에 즉시 차 기자의 눈이 커졌다.

"한국CNA재단은 김채나 씨가 설립한 재단이야. 방 선수가 거기 관리부장으로 입단해서 김채나 씨 매니저를 맡는다는 게 포인트고!"

"그, 그러니까 방그래 선수가 한국CNA재단에 입단하는 것이 뉴스가 아니라 김채나 매니저를 맡는 게 뉴스라는 거지?"

차 기자가 감을 잡았다.

"맞아! 김채나 씨가 개입되지 않았다면 방 선수가 한국CNA재단에 입단하든 카네기재단에 들어가든 뭔 상관??"

"며칠 전에 김채나가 이 지구 위에 1억 3,500만 kt짜리 핵폭탄을 터뜨렸어. 우린 지금 김채나가 화장실 갔다가 손을 씻지 않았다는 소식이라도 시청자들에게 들이밀어야 할 판이야."

"이럴 때 그동안 변변한 매니저도 없이 독고다이로 활동했던 김채나 씨가 방그래 선수를 매니저로 채용했다는 소식은 면피용으로 딱 좋아!"

"어떤 사람이 김채나의 매니저를 맡을까? 많은 팬의 관심 사였잖아, 선배?"

왕 기자와 김 기자가 채나의 정규앨범 1집의 선주문 숫자를 핵폭탄의 폭발력 단위로 비유까지 하면서 찬찬히 상황 설명을 해줬다.

제2차세계대전 때 히로시마에 떨어진 원자폭탄은 20에서 25kt짜리였다.

"쩝쩝… 말을 들으니까 확 오네. 한국체대 홍보관으로 각 방송사 신문사 기자들이 몰려오는 게 보여!"

"으이구, 자식이 이름만 차경주지, 눈치나 행동은 완전 우마차 경주라니까!"

"아하하하하!"

공 기자가 다시 차 기자를 쥐어박자 왕 기자와 김 기자가 폭소를 터뜨렸다.

"아— 그래!"

곧 바로 공 기자의 눈에 반짝 불이 들어왔다.

"빛나야! 빨리 컴 좀 켜봐. KBC에서 중계를 안 해도 채나 교도들은 분명히 동영상으로 세계만방에 쏠 거다."

"정말!"

공 기자가 재차 고개를 돌리며 말하자 왕 기자가 들고 있던 노트북을 재빨리 켰다.

"어디로 들어갈까요? 선배님!"

"김채나 갤러리나 채사모. 비번 없이도 들어갈 수 있는 김채나 팬클럽 많잖아?"

"알겠습니다."

타타탁!

왕 기자가 능숙한 솜씨로 노트북 키보드를 두드렸다.

"여기 김채나 갤러리에서 동영상으로 중계를 하는데요, 선배님! 아직 입단식이 시작되지 않은 것 같아요. 채나 씨가 어떤 남자에게 사인해 주는 장면이 떠 있어요."

"푸하— 다행이다! 김 기자! 더 밟아 더!"

"예옙! 다 왔습니다. 곧 체대 정문입니다."

부우우웅!

MBS 이니셜이 박힌 SUV 승용차가 서울 잠실의 올림픽공원역을 총알처럼 지나쳤다.

"아후후, 선배님! 이 조회수 좀 보세요? 벌써 백만이 넘었어요! 백만이!"

"흐흐흐, 그럴 만도 하지! 모처럼 교주님께서 헌신하셨는데 세계 각국의 교도가 벌 떼처럼 몰려들 거야."

"화아아아! 댓글 달리는 것 봐? 어지럽다 어지러워!"

"어디, 이리 줘 봐!"

공 기자가 웃으면서 손짓을 하자 왕 기자가 노트북 컴퓨터를 조수석으로 넘겼다.

17인치 컴퓨터 모니터에 붉은색 가죽 재킷을 걸친 채나가 특유의 거만한 자세로 앉아 사인을 해주는 모습이 떠 있었다.

—헐! 울 교주님 이쁘다 이쁘다.

—귀염 귀염 귀염 이쁘 이쁘 이쁘…….

—울 교주님 방맹이 입단식이라고 정장 걸치셨네. 코디가 신경 썼다.

그리고, 댓글들이 연이어 달렸다.

—ㅎㅎㅎㅎㅎㅎㅎ 가죽 재킷이다. 가죽! 가죽! 가죽!

—울 교주님 취향 진짜 독특해. 가죽 재킷 가죽 바지 가죽 구두 가죽 가죽 가죽!

—그만큼 동물을 사랑하시는 거야. 고기 고기 고기 가죽 가죽 가죽.

—울 교주님 취향 독특한 거 이제 알았어?

—울 교주님 새 매니저가 세계여자역도챔피언 188에 140! ㄷㄷㄷㄷ

—하마& 코끼리& 킹콩& 공룡& 덤프트럭& M1A1전차 ㅋㅋㅋㅋㅋ.

—덤프트럭이라도 좋다. 제발 우리 교도들하고 가깝게 지냈으면 좋겠다.

—노 기대. 방맹이는 선수 시절에도 무뚝뚝. 어느 땐 하루에 한마디도 안 한대.

—아효! 방맹이 들어오면 교주님 용안을 자주 뵙나 했더니 빠치네.

"방맹이? 방맹이가 뭐지?"

"방그래와 매니저의 합성어 같은데요."

댓글들을 흩어보던 공 기자가 중얼거리자 왕 기자가 잽싸게 대답했다.

"하여튼 말들도 잘 만들어내. 방그래 매니저. 방맹이! 말된다."

공 기자가 쓴웃음을 지을 때 이십대 여자가 활짝 웃으며 채나에게 다가가는 모습이

화면에 비추면서 댓글이 끝없이 올라왔다.

—난 왜 울 교주님이 예쁜 소년처럼 보이지? 연하 연하 연하⋯ 데이트 신청하고프다.

—너 도끼!

—너 사시미칼!

—너 삽자루!

—너 총 탕탕탕!

ㅣ 너 구방맹이 1억 0,000원 에!

—지송 지송 지송 나 나쁜 뇨자. 교주님 이쁜 소녀+ㄴ 히히히히!

계속해서 눈이 피곤할 만큼 댓글들이 이어지고 사라졌다.

—총대! 급질문. 교주님께 한국에서 팬미팅 언제 하실지 여쭤봐!

총대는 인터넷 사이트에 등록된 카페들에서 사용하는 언어로써 총무와 비슷한 말이다.

총대를 멘다는 책임을 진다는 뜻이 포함돼 있었다.

—팬미팅 팬미팅 팬미팅.

—팬미 팬미 팬미 팬미……

—내년 오월쯤 하신대. 가까운 시일 내에는 하고 싶어도 어쩔 수 없대. 대선이 걸려서.

—씨바! 대통령 선거는 꼭 해야 되냐? 우리랑 아무 상관도 없는데 짱나네.

—졸라 대선 사라져라!

—울 교주님 직업.

 1.운동선수(사격)

 2.연예인(가수 겸 배우)

 3.종교인(채나교주 종신제)

 4.대장간 집(생선회칼, 삽, 도끼, 일본도 전문제작)

 5.야매 의사(암 전문의, 실제로 완치된 암 환자 약 천여 명 정도가 여러 언론에 알려옴)

 6.실기교사(생선회칼의 사용법 기초부터 고급까지 3일 완성. 네이

버 동영상 참조)

7.무속인(적이 침투하는 장소와 시간을 기가 막히게 예측. 블랙엔젤 5부 6부 참조)

8.정당인(민주평화당원, 민광주 의원 대통령 선거대책본부 재경분과위원회 부위원장)

—까르르르르르르르르르. 종교인이래?

—크크크크크크. 야매의사에서 뽑었다.

—실기교사 실기교사 선생님 선생님.

—무속인 무속인 무속인 무당 무당.

—정당인에서 웃으면 되는 거냐? ㅎㅎㅎㅎㅎㅎ

—울 교주님은 정당인이기에 선거법을 철저히 지켜야 됨. 아님 감방 고!

"정신 사나워서 더 이상 못 읽겠다. 무슨 댓글이 하루살이 떼처럼 날아와?"

"호호호!"

공 기자가 고개를 흔들며 노트북 컴퓨터를 왕 기자에게 넘겨줬다.

—전국에 계신 시청자 여러분 안녕하십니까? 여기는 한국체육대학교 홍보관입니다.

찰라, 조수석 앞에 설치된 모니터에서 남자 아나운서 목소리가 흘러나왔다.

"어? 선배님! 중계하는데요. KBC1이 아니라 KBC2에서 해요!"

김 기자가 핸들을 잡은 채 모니터를 힐끗 보며 반색을 했고,

"그럼 그렇지!"

공 기자가 뚱한 표정으로 고개를 주억거렸다.

"대통령 동향보다 김채나 소식을 먼저 내보는 놈들인데 중계를 안 할 리가 있나?

빨리들 내려!"

"예에!"

끼익!

MBS 보도본부 차량 두 대가 거의 동시에 멈춰 섰고 공 기자 등이 후다닥 내렸다.

채나의 애마 영국제 렌지로버 승용차가 점잖게 서 있는 한국체대 주차장이었다.

번쩍번쩍!

찰칵찰칵!

"총장님! 방그레 선수! 이쪽입니다."

"채나 씨! 더 환하게 웃어주세요."

백여 명의 카메라 기자가 연신 카메라 플래시를 터뜨렸다.

'역도선수 방그래 한국CNA재단 입단식' 이라고 쓰여 있는 현수막 앞에서 박덕진 한국체대 총장이 오른손으로는 채나를 왼손으로는 방그래를 잡은 채 활짝 웃었다.

이어 채나와 방그래가 악수를 하는 등 다양한 포즈를 취했다.

파파팍! 번쩍번쩍!

계속해서 카메라 플래시가 터졌다.

MBS 보도본부 소속으로 이름만 차경주인 촬영기자가 ENG카메라를 어깨에 멘 채 침착하게 촬영을 했다.

"수고들 하셨습니다. 이제 기자 여러분과 인터뷰 시간을 갖도록 하겠습니다. 모두 자리해 주시기 바랍니다."

안경을 쓰고 마이크를 든 김태균 한국체대 교학처장이 이런 행사를 처음 진행하는 듯 계속해서 이마의 땀을 닦으며 멘트를 했다.

우르르르!

기자들이 순식간에 앞자리로 몰려들었다.

박덕진 총장과 채나, 방그래, 한국체대 경기지도학과장인 여명숙 교수와 역도부 감독인 원택희 교수 등이 천천히 단상 위에 자리를 잡았다.

막 오후 2시가 지난 한국체육대학교 홍보관.

영하 10도까지 떨어진 바깥 날씨와는 반대로 후텁지근했다.

조명을 환하게 밝힌 수십 대의 카메라와 실내를 빽빽이 메우고 있는 백여 명의 기자 덕분이었다.

역도선수 방그래의 한국CNA재단 입단식이 진행되고 있었다.

정확히 말하면 역도선수 방그래의 은퇴식이었다.

구체적으로 말하면 김채나 매니저 채용식이었고.

많은 운동선수가 뜻하지 않는 부상으로 인해 소리 없이 사라진다.

채나는 오랫동안 사격선수로 활동해 왔다.

채 피어보지도 못하고 은퇴 아닌 은퇴를 해서 불행하게 살아가는 운동선수를 많이 봤다.

그랬다.

그래서 채나는 그 바쁜 시간에도 불구하고 오늘 이 자리를 만들었다.

자신이 매니저로 스카우트한 방그래에게 희망을 주고 싶었다.

대한민국의 모든 기자를 모아놓고 역도선수 방그래가 부상으로 인해서 은퇴를 하는 것이 아니라 새로운 삶을 시작 한다는 것을 알려주고자 했다.

채나가 방그래를 얼마나 아끼는지 짐작할 수 있는 대목이었다.

"KBC 윤상하 기자입니다. 방그래 선수의 한국CNA재단 입단을 축하합니다."

"감사합니다."

채나와 꽤나 친한 KBC 보도본부 윤상하 기자가 맨 처음 입을 열었다.

"방그래 선수가 한국CNA재단에 관리부장으로 입단하셨는데 한국CNA재단은 구체적으로 어떤 일을 하는 곳인가요?"

"한국 내에서 학교, 병원, 실버타운 등을 운영하는 법인입니다."

윤상하 기자가 채나를 보며 질문을 했고 채나가 노타임으로 대답했다.

"그럼 김채나 씨 사재가 꽤 많이 투자되겠군요?"

"네! 저는 대한미국에서 많은 돈을 벌었고 앞으로도 벌게 될 겁니다. 그 돈의 대부분을 이번에 설립한 한국CNA재단을 통하여 사회에 환원하려고 합니다."

"아아―"

다시 채나가 간단명료하게 브리핑하자 기자들이 탄성을 토했다.

"병원에 학교까지 건립해 운영한다면 한국CNA재단 규모가 엄청나겠는데요?"

"헤헤! 어느 정도 규모가 되지 않으면 국민 여러분이나 팬들이 오해하실 거 아니에요? 김채나 먹튀? 한국에서 돈 벌어서 미국에 뚱쳐됐나? 이렇게 말이에요."

"아하하하!"

거침없는 채나의 말에 기자들이 일제히 폭소를 터뜨렸다.

"MBC 공갈배입니다. 자료를 보니까 계약금 5억에 연봉 1억 2,000만 원에 입단 계약을 맺으셨더군요. 어떻게 만족하실 만한 대우인가요, 방 선수?"

"으흐흐, 전 그동안 일당 3만 원에서 4만 원짜리 알바를 해왔습니다. 지금도 믿기지 않습니다. 채나 언니, 아니, 김 회장님께서 취소하자고 할까 봐 겁납니다!"

"핫핫핫!"

"그리고 전 사실 광자가 붙어 있는 채나교도입니다. 교주님이 무보수 매니저로 고용해 주서도 평생 모실 자신이 있습니다. 근데 막 돈까지 주시고 이렇게 입단식까지 치러주시니, 흑……."

갑자기 방그래가 감정이 북받치는지 울음 섞인 목소리가 튀어나왔다.

…….

기자들이 잠깐 입을 닫았다.

방그래가 그동안 겪었던 고초를 충분히 짐작할 수 있었기 때문이다.

세계적인 역도선수가 어느 날 갑자기 부상을 당해 은퇴 아닌 은퇴를 하고…….

"방 선수가 말했듯 사실 역도 같은 비인기 종목선수에게 계약금 5억에 연봉 1억 2,000이면 파격적인 대우일 수도 있습니다. 김채나 씨께선 어떻게 생각하십니까? 방 선수에게 화끈한 대우를 해주셨는데?"

DBS 스포츠의 이수 기자가 고개를 숙인 방그래를 힐끗 보며 채나에게 질문을 던졌다.

"방 선수는 역도 세계챔피언 출신입니다. 그에 걸 맞는 대우를 해줬을 뿐입니다."

채나가 미소를 띠며 십팔번인 단답형으로 대답했다.

지금 채나가 짧게 대답했지만 사실 이 부분에서 채나는 장고에 장고를 거듭했다.

프로야구나 축구선수들의 계약금이나 연봉까지 면밀히 살펴보고 결정했던 것이다.

아차하면 위화감을 조성하고 방그래가 욕을 먹을 수 있기에.

채나는 이제 돈질 하나 하나까지 계산하는 정치가요, 사업가가 돼 있었다.

"조선신문의 백운택입니다. 어떻게 다치신 어깨는 좀 회복되셨습니까? 방 선수!"

백운택 기자가 베테랑답게 살짝 방그래의 비위를 맞췄고.

"일상적인 생활을 하는 데는 불편하지 않습니다. 하지만 여전히 바를 어깨까지 밖에 들어 올리지 못합니다."

방그래가 무겁게 입을 열었다.

"그렇다면 근 시일 내에 역도선수로 컴백하기는 불가능하다는 뜻인데……."

백운택 기자가 뭔가 심각한 질문으로 들어가려 하자 채나가 잽싸게 나섰다.

채나는 그동안 기자들과 수많은 인터뷰를 해왔기에 기자회견의 달인이 됐다.

언제 어느 때 어떤 말을 해야 되는지 반사적으로 알고 있었다.

"네! 그래서 방 선수를 기회가 되는대로 세계 각국의 유명한 닥터들에게 치료를 받게 할 예정이에요. 제가 유명한 의사를 꽤 많이 알고 있지 않습니까? 노벨상을 두 부문에 걸쳐 받으신 의학박사님과도 제법 친하고!"

"하하하! 그렇죠. 장한국 박사님하고는 많이 친하시죠. 그럼 방 선수는 몸이 완치되면 다시 역도계로 돌아올 예정인가요?"

"방 선수가 원한다면……."

"아닙니다! 전 김 회장님 일을 돕는 것으로 만족하겠습니다."

방그래가 결심한 듯 채나의 말을 자르며 단호하게 대답했다.

기자들과 채나와 방그래의 일문일답이 이어질 때 삼십대 남자가 황급히 들어왔다.

곧바로 김태균 처장에게 귀엣말을 했다.

김태균 처장이 심각한 표정으로 박덕진 총장을 쳐다봤다.

사전에 상의를 한 듯 박덕진 총장이 고개를 끄떡였고 김태균 처장이 재빨리 마이크를 들었다.

"정말 죄송합니다. 학교에 중요한 일이 생겨서 기자회견을 이쯤에서 마쳐야 할 것 같습니다. 대단히 죄송합니다."

"이렇게 하시죠, 기자분들! 실은 방그래 선수 입단식이 끝나면 방 선수 부모님께서 아버님이 경영하시는 중국 음식점에서 한턱 쏘시기로 하셨습니다. 그쪽으로 자리를 옮기셔서 인터뷰를 계속하시죠."

김태균 처장이 얼굴이 벌게진 채 당혹해했고 박덕진 총장이 단을 내렸다.

웅성웅성!

이번에는 기자들이 당황했다.

한창 인터뷰를 진행하는 와중에 기자회견을 멈추고 장소를 옮기는 경우는 드물었기 때문이다.

여명숙 교수가 해결사로 나섰다.

"뭐 기자분들이 바라던 일 아닌가요? 여기 오신 기자분들

대부분이 방그래보다 김 회장님께 관심이 많으실 텐데요?"

"으하하! 낄낄낄!"

여명숙 교수가 서슴없이 기자들의 속마음을 폭로하자 기자들이 낄낄댔다.

"여기서 가까운 둔촌동에 있는 사천반점이에요. 거기 가셔서 식사들을 하시면서 천천히 얘기들 나누세요!"

여명숙 교수가 깡패 교수답게 기자들에게 명령투의 말을 던졌고.

"그럼 저희는 이만······."

박덕진 총장과 김태균 처장이 직원들과 함께 급히 홍보관을 빠져나갔다.

"잘됐네. 연말도 됐는데 오늘 김 회장 모시고 송연회나 거하게 하자구!"

"오키! 돈을 항공모함으로 실어 오시는 분인데 화끈하게 쏘시겠지?"

"야, 공 기자! 김 회장 꼭 잡아! 아차하면 도망간다."

"아하하하! 깔깔깔!"

기자들이 어색한 분위기를 바꾸려는 듯 이구동성으로 외치며 방그래의 기자회견 자리를 채나와의 송년회 자리로 엮었다.

"에헤헤헤! 좋아 좋아, 오늘 갈 데까지 가보자구!"

채나가 지체없이 콜을 했다.

실은, 채나도 그동안 자신을 위해 과분하다시피 기사를 써준 기자들에게 고마움을 표하고 싶었다.

긴히 할 말도 있었고!

묘하게 기회가 왔다.

"쌩유! 역시 우리 교주님이셔."

"우리 모두 채나교도잖아? 춥고 배고픈 교도들을 교주님께서 굽어 살피셔야지 누가 살피겠냐?"

"핫핫핫하! 낄낄낄!"

기자들이 웃으면서 한국체대 홍보관을 나섰다.

"교육부에서 감사가 납시었단다. 많이 늦을 거야. 우린 신경 쓰지 마."

"어후— 교수도 못해먹겠네. 뜬금없이 뭔 감사가 떠?"

"뜬금없는 건 아니고… 말하면 길어진다. 어쨌든 오늘 미안하게 됐다. 난생처음 김 회장이 부탁한 일인데 마무리가 영 찝찝하네."

"헤헤, 괜찮아, 괜찮아. 찍을 사진 다 찍었고 귀찮은 인터뷰 생략해서 좋잖아?"

여명숙 교수와 채나가 복도를 걸어 나오며 나직하게 대화를 나눴다.

"저기, 교수님… 아빠 엄마가 교수님들 꼭 모시고 오라고 하셨습니다."

"됐어, 임마! 니 문제가 해결되니까 안 먹어도 배가 부르다."

방그래가 여명숙 교수에게 어렵게 말을 건넸고 역도부 감독인 원택희 교수가 대신 대답했다.

"우리 방그래 데려가 주서 정말 고맙습니다. 김 회장님!"

"제가 고맙죠. 이 녀석을 잘 키워 주셔서, 헤헤헤!"

이어 원택희 교수가 정중하게 사의를 표했고 채나가 웃으면서 마주 인사를 했다.

한국체육대학교에서 벌어진 역도선수 방그래 한국CNA재단 입단식은 이렇게 끝났다.

채나는 방그래를 매니저로 영입함으로써 미국으로 떠나기 전 스태프를 완성했다.

세션 팀, 코러스 팀, 코디 스타 메이크업 팀, 경호팀까지!

그리고, 곧바로 일주백인(一週百人) 작전에 돌입했다.

단 일주일 만에 대한민국을 쥐락펴락하는 저명인사 백 명을 만나는 것.

그 유명한 채나식 대선 전략이었다.

채나가 본격적인 대통령 선거판에 뛰어들면서 첫 번째 만난 사람은 바로 이 사람이었다.

8장

여류 기사

뻐꾹 뻐꾹!

뻐꾸기가 꼭 다섯 번을 울면서 새벽 다섯 시를 가리켰다.

울음소리가 리드미컬하지 못하고 조금씩 느릿하게 우는 것으로 봐서 꽤나 오래된 뻐꾸기시계가 분명했다.

충무대학교 이사장이요, 충무의대 부속 강남의료원장인 박효원 박사.

국민배우 박지은의 아버지가 잠자리에서 일어나 간편한 평상복으로 갈아입었다.

딸깍!

이 층으로 올라가는 계단 옆의 스위치를 눌렀다.

전기불이 환하게 켜진 이 층은 일 층과는 사뭇 달랐다.

홍송과 붉은 대리석으로 인테리어가 돼 있어서 전체적으로 은은한 붉은색이 감돌면서 따뜻한 분위기를 연출했다.

오십 평이 훨씬 넘을 듯한 넓은 거실에는 천연가죽 소파와 대형 TV 두 대가 자리 잡고 있었다.

한쪽 구석에는 예쁜 포켓볼 당구대가 흡사 어떤 연극무대의 소품처럼 놓여 있었고!

"막내, 일어난 게냐?"

박효원 박사가 인자한 목소리로 박지은을 부르며 거실을 가로질렀다.

"……!"

박효원 박사가 방문 앞에서 노크를 하려다가 멈칫하며 실소를 지었다.

"녀석이 오늘 밤에 귀국한다고 했지?"

누구나 이런 실수를 한다.

늘 같이 지내던 가족이 어느 날 여행을 떠나면 집에 있는 것으로 착각을 해 평소 사용하던 방에 가서 찾는…….

박지은은 지금 집에 없었다.

일본의 오사카에서 한일 합작 영화인 〈이스트 인디펜던스〉를 촬영하는 중이었다.

뭐, 박지은이 한국에 있었어도 집에 들어올 틈이 없었다.

일주일이면 사오 일을 〈블랙엔젤〉과 〈KK팝〉을 찍는데 매달렸고 나머지 시간에는 각종 CF 촬영으로 철야를 하기 일쑤였다.

박효원 박사가 이 장충동 집에서 박지은과 둘이 살아온 것이 벌써 십 년이 넘었다.

다섯째인 박영신 판사가 결혼을 해 분가를 하고 박지은의 엄마가 세상을 떠난 뒤였으니까!

또 지금처럼 새벽 다섯 시가 되면 어김없이 일어나 같이 남산을 산행하는 습관도 꽤 오래됐다.

박효원 박사 부부가 오랫동안 같이했던 아침 산행을 아내가 죽자 딸인 박지은이 대신했던 것이다.

박효원 박사가 주인 없는 침실을 찬찬히 살폈다.

세계적인 스프린터 울 아빠와 함께!

체육복을 걸친 초등학교 일이 학년쯤 된 박지은과 모자를 쓴 박효원 박사가 다리를 끈으로 묶고 이인삼각 달리기를 하는 사진이 액자에 담긴 채 침실 벽에 걸려 있었다.

귀여운 글씨로 사진 설명이 돼 있고.

"어허허! 세계적인 스프린터라? 이때만 해도 젊었구먼. 보기 좋아!"

박효원 박사가 이십여 년이 넘은 사진을 바라보며 감회에 사로잡혔다.

내 동생 때지. 아, 무서!

채나가 〈블랙엔젤〉의 예고편에서 도끼를 든 채 쩌려보며 포즈를 취하고 있는 사진이 역시 액자에 담긴 채 침실 벽에 붙어 있었다.

"이 녀석이 막내를 외박시키더니 결국 침실까지 점령했구만. 지 오라비들도 함부로 못 들어오는 침실까지 말야."

박효원 박사가 너털웃음을 터뜨리며 한쪽 벽면을 바라보았다.

울 귀여운 뽀! 뽀는 얼마나 더 클까? 100kg이 넘었다는데?

실물 크기인 듯 가슴에 보름달 같은 흰 점이 박혀 있는 검은 수사자처럼 생긴 사자개의 사진이 한쪽 벽을 꽉 메웠다.

지난여름, 파주의 채나원을 방문했을 때 박지은을 유난히 따라다녀서 박지은이 채나에게 애걸복걸해 입양시킨 사자개 킹과 퀸의 아들 뽀였다.

"동물병원 신 원장 말로는 이런 식으로 크면 200㎏이 넘을 지도 모르겠다고 하더라. 아직도 성장판이 열려 있단다. DNA검사를 해봤으면 하던데… 진짜 개가 아니라 사자일지도 모른다고 말야. 어허허허!"

박효원 박사가 마치 박지은과 대화를 하듯 말을 했다.

박지은이 집에 없을 때 나오는 박효원 박사의 버릇이었다.

얼마나 막내딸을 사랑하면…….

촤악!

박효원 박사가 환기를 시키려는 듯 커튼을 열었다.

그리 차갑지 않은 겨울바람이 창문을 타고 들어왔고.

넓은 장충동 집 전경도 한눈에 들어왔다.

건평만도 무려 오백 평이 넘는 대저택.

전형적인 철근 콘크리트 구조로 금속 기와로 지붕을 올리고 최고급 대리석으로 외장을 한 저택이었다.

호랑이 담배 피던 시절 선친께 물려받은 이 집을 박효원 박사는 박지은이 대학을 졸업하는 날 선물로 등기 이전을 해줬다.

위로 오빠가 다섯이나 있었지만 막내딸인 박지은에게 이집을 물려줬다.

박효원 박사는 일제 강점기 때 어머니의 손에 끌려 일본 교토에 건너가 교토 대학 의학부를 졸업했다.

그때 일찌감치 남녀차별의 무지함을 지워 버렸다.

여자의 힘이 얼마나 대단하고 어머니의 힘이 얼마나 무서운지 자신의 어머니에게서 배웠다.

왜놈들을 이기려면 왜놈을 알아야 한다면 당신 스스로 장남의 머리를 빡빡 깎여 일본으로 데려가 교토일고에 입학시킨 후 교토대학 의학부까지 졸업시킨 어머니였다.

박효원 박사는 박지은에게 이 장충동 집을 물려주는 것이 오늘의 자신을 있게 한 어머니께 드리는 마지막 효도라고 생각했다.

왠지 막내는 이 집을 아주 오랫동안 지켜줄 것 같았기에!

지금까지 내렸던 많은 결정 중에서 가장 확실한 결정이었다.

박효원 박사가 한참 동안 박지은의 방을 환기를 시킨 후 일층으로 내려와 등산화를 신었다. 늘 하던 남산 산행을 해야 했기 때문이다.

멍!

박효원 박사가 등산화를 신을 때 굵직한 기성이 들렸다.

황소보다 약간 큰 검은 수사자, 사자개 포가 입에 목줄을 문 채 박효원 박사 앞에 우뚝 서 있었다.

"녀석 참! 영리하기도 하지."

박효원 박사가 포에게 목줄을 채웠다.

사실, 박지은이나 박효원 박사는 개나 고양이, 새 같은 애완동물을 별로 좋아하지 않았다. 아니, 좋아하는지 싫어하는지도 몰랐다.

한 번도 애완동물을 키워 본 적이 없었기에!

하지만 포를 채나에게 억지로 뺏어온 첫날, 박지은은 포에게 완전히 반했다.

박지은이 마당 한구석을 화장실로 정해주자 꼭 그곳에 가서 대소변을 눴다.

사흘째 되는 날은 박효원 박사가 포에게 반했다.

새벽에 오늘처럼 남산 산행을 갈 때 어디서 찾았는지 줄넘기 하나를 가져와 박효원 박사에게 내밀었다.

목줄을 하고 나도 같이 산행를 가자는 뜻이었다.

그때부터 포는 박효원 박사와 박지은의 귀염둥이가 됐다.

박효원 박사와 박지은이 포에게 더욱 빠져든 것은 신기하게도 녀석은 박지은이 집에 있을 때는 늘 박지은을 따라다녔고 밤에는 박지은이 거처하는 이 층 거실의 문 앞에 앉아 있었다.

마치 박지은을 지키는 경호원처럼!

한 가지 걱정은, 녀석이 원래 제 주인을 닮아서 그런지 지독하게 많이 먹었고 태어난 지 일 년도 안 된 녀석이 벌써 100kg이 넘는 무지막지한 덩치를 자랑한다는 것이다.

어떤 연예 잡지에는 박지은이 사자를 키운다는 황당한 이야기까지 써 있었다.

포의 근사한 사진까지 실린 채…….

영물(靈物).

늙은 아버지를 대신해 딸을 지켜주기 위해 집안에 들어온 영험한 동물.

박효원 박사가 포를 데리고 채 어둠이 가시지 않은 남산 길을 걸어가면서 그런 생각을 했다.

얼마나 든든한가?

덩치가 황소만 한 녀석이 옆에서 쫓아오며 지켜주니 말이다.

박효원 박사가 포와 함께 두 시간이 넘도록 남산 산행을 한 뒤 집에 돌아와 포에게 아침을 먹였다.

단골 동네 목욕탕에 들러 목욕을 하고 해장국집에서 아침을 때우고 홀가분한 마음으로 기원으로 향했다.

박효원 박사의 유일한 취미가 바둑이었다.

"혹시 선생님! 바둑 둘 줄 아십니까?"

"못 두는데요."

"그럼 자네! 장기는 둘 줄 아나?"

"장기도 못 두는데요."

"야, 임마! 고니는 둘 줄 아니?"

쌍팔년도에 떠돌았던 유머 중에 하나다.

그만큼 바둑은 수많은 잡기 중에서도 대우를 받았고 받고 있는 두뇌게임이다.

인간이 만들어낸 도박 중에서 가장 재미있는 도박이 경마라면 인간이 만들어낸 게임 중에서 가장 머리를 많이 써야 하는 게임은 바둑이다.

바둑이 고대 중국에서 유래됐다고 하지만 언제 어느 때 시작됐는지 명확하지는 않다.

하지만, 현대 바둑이 일본에서 시작됐다는 것은 찝찝하지만 부인할 수 없다.

바둑을 직업으로 삼는 사람들이 생겨나고 혼인보(本人房) 등 바둑 가문들까지 등장하면서 수많은 바둑의 정석과 기보가 탄생되기 시작한 것이 막부시대(幕府時代) 일본에서였기 때문이다.

박효원 박사가 바둑을 배운 것도 일본에서였다.

교토대학 유학시절 룸메이트가 바둑광이었다.

덕분에 바둑은 일 갑자가 지난 오늘날까지 박효원 박사의 특기요 취미가 됐다.

전국대학교수 바둑대회에서도 여러 번 우승을 했고 대한민국 명사초청 기성전에서도 일등을 했다.

신동아일보 주최 전국아마국수전과 아마십강전에서도 우승을 한 맹장 중에 맹장이었다.

아마추어 바둑의 최고봉인 아마 7단, 프로로 치면 강 1급이었다.

팔순을 넘긴 지금도 프로기사들과 석 점 접바둑을 두는 명실공히 아마추어 최고령 최강의 기사였다.

십여 년 전까지만 해도 병원에서 대수술을 하면 어김없이 기원에 들려 바둑 몇 판을 두고 바둑 친구들과 어울려 막걸리 한 잔을 하면서 스트레스를 풀었다.

웅성웅성!

박효원 박사가 백석 빌딩 이 층에 있는 백석기원으로 들어섰다.

뜻밖이었다.

오늘이 주말이고 해서 손님이 많을 줄은 예상했다.

하지만 채 정오도 되지 않은 이 시간에 오십여 명이나 되는 손님이 와 있다니?

"어머! 어서 오세요, 박 회장님!"

"오… 정아야! 그동안 별고 없었지?"

"네에! 회장님."

백석기원장의 딸로 경리를 보면서 손님을 접대하는 김정아가 박효원 박사에게 예쁘게 인사를 하자 박효원 박사가 미소를 띠며 고개를 주억거렸다.

"화장품이라도 하나 사거라!"

"아휴, 번번이… 고맙습니다."

박효원 박사가 지갑에서 10만 원짜리 수표 한 장을 꺼내 주자 김정아가 얼굴이 발개지면서 공손하게 받았다.

지금 김정아가 부르듯 박효원 박사는 기원에서는 회장으로 통했다.

백석기원에서 정기적인 모임을 갖는 흰돌회 회장이었기 때문이다.

"이 선생은 나왔나?

"학교에 급한 일이 있어서 2시는 돼야 오실 것 같아요."

"허어, 참! 이 인사는 우리나라 초등학교 행정실장 중에서 제일 바쁠 게야!"

올해 쉰셋인 광희초등학교 행정실장 이정철은 아마 5단으로 백석기원에서 손가락에 꼽는 고수였다.

당연히 박효원 박사와는 라이벌이었다.

"떡볶이집 국 사장은 당연히 못 나왔을 테고?"

"이따 늦게라도 나오셔서 회장님 뵙고 간다고 하시던데요!"

"이 위인이 내 돈 따먹고 나더니 살살 도망 다니는 냄새가나."

"그러잖아도 그런 오해를 받으실까 봐 오늘 꼭 나오신대요. 떡볶이 팔면서 아주머니 몰래 꼬불친 돈도 많으시구… 깔깔깔!"

"험! 어디 떡볶이 사장 돈 좀 따먹어 보자. 쫄깃쫄깃한."

남산 떡볶이집 국 사장은 아마 4단으로 가게보다 기원에 더 많이 와 있어서 부인에게 구박을 받는 바둑에 반쯤 맛이 간 강자였다.

박효원 박사보다 한 수 아래였지만 꽁수에 능해서 박효원 박사도 승패를 확실히 점칠 수 없는 사람이었다.

"잠깐 차 한 잔 하시고 방금 전에 오신 여류 기사와 대국 한번 하세요. 회장님!

1급을 두신다고 해서 심 사범이랑 붙여줬는데 지금 심 사범이 쩔쩔매고 있어요."

"호오오… 여류 기사가 심 사범하고 호각지세를 이뤄?"

박효원 박사가 움찔했다.

심한기 아마 7단은 백석기원의 사범으로 삼 층인 별관에서 백석어린이 바둑교실을 운영하는 세미프로였다.

여러 번 아마추어 기전에 나가 우승을 했지만 불운하게 프로에 입단하지 못하고 어린이들에게 바둑을 가르치며 먹고 사는 프로기사들조차 쉽게 이기지 못하는 만만찮은 고수였다.

내기 바둑의 강자로 전국적으로 유명했고!

"음! 그래서 저기 사람들이 몰려 있구먼."

"심 사범하고 방내기를 붙여 줬는데 첫째 판은 심 사범이 한 방을 이겼고, 둘째 판은 심 사범이 두 방을 졌어요, 회장님."

"허어어— 천하의 심기한이를 이기는 아가씨가 다 있단 말이지?"

"글쎄 말이에요! 잠깐 구경했는데 전형적인 전투바둑으로 무시무시해요."

"점입가경일세! 여류 기사가 전투바둑을 둬? 그것도 방내기에서?"

방내기란 내기바둑에서 흔히 쓰는 용어로써 두 사람이 바둑을 둬서 1집부터 10집까지 이겼을 때는 한 방, 11집부터 20집까지 이겼을 때는 두 방. 이런 식으로 계산한다.

91집 이상 이겼을 때는 만방이라고 해서 돈의 액수를 따로 정하기도 하고.

내기를 할 때는 기본 천 원 혹은 만 원으로 하고 한 방에 천원, 만 원 등으로 정한다.

우리나라 기원에 가본 사람은 잘 알지만 기원에서 친선 게임이란 없다.

십 원짜리 하나라도 걸려야 대국이 시작된다.

"프로기사인 모양이군."

"프로는 아닌데 이창호 기성이나 이세돌 국수보다 더 유명한 기사예요"

"뭐?"

"호호호! 일단 지켜보세요, 회장님!"

"프로는 아닌데 이창호 기성이나 이세돌 국수보다 더 유명한 여류 기사라? 과연 누굴까?"

박효원 박사가 나직이 읊조리며 사람들이 잔뜩 모여 있는 테이블 쪽으로 다가갔다.

"또 장고야? 어떻게 나 〈블랙엔젤〉 촬영 끝내고 와? 심 사범님!"

"아하하하! 껄껄껄껄!"

테이블에서 짜증 섞인 음성이 터져 나오자 관전하던 기객들이 폭소를 터뜨렸다.

'이 목소리는?!'

박효원 박사가 움찔하며 금테안경을 치켜 올렸다.

"어후, 지겨워. 이제 다 됐네!"

이창호 기성이나 이세돌 국수보다 더 유명한 여류 기사가 머리칼을 쓸어 올리며 툴툴거렸다.

채나였다.

'허어— 저 녀석일세. 나한테 바가지를 톡톡히 씌운 놈!'

박효원 박사는 지금까지 채나를 꼭 세 번 만났다.

두 번은 〈블랙엔젤〉 촬영장에서 만났고 한 번은 〈KK팝〉 녹화가 끝난 뒤였다.

〈KK팝〉 녹화를 구경 갔다가 박지은과 같이 출연하는 여자 동료들을 불러 여의도의 유명한 고기집인 '암소한마리'에서 밥을 사줬다.

연필신과 한미래가 팔순이 넘은 박효원 박사에게 아빠 아빠하면서 재롱을 떨어 고기 집에 있던 손님들이 몽땅 뒤집어졌다.

박효원 박사가 입이 헤벌어져서 기분 좋게 계산을 할 때 벌어졌던 입이 더 이상 다물어지지 않았다.

고기값이 정말 암소 한 마리 값만큼이나 나왔던 것이다.

딱 인사 한마디 하고 숨 쉴 틈조차 없이 고기를 먹어 치운 채나 덕분에!

'저 소 한 마리를 해치우는 놈이 바둑을 다 둔다?'

'여기까지 왔다는 것은 나를 만나러 왔다는 뜻인데… 용건은?'

박효원 박사가 알 듯 모를 듯 아주 묘한 미소를 지었다.

"자아! 계가가 다 끝났죠, 심 사범님?"

"다섯 집 반! 딱 다섯 집 반이 부족하네요, 채나 씨!"

심 사범이 침통한 표정으로 말을 뱉었고.

"와아아— 아!"

"세상에? 심 사범이 흑을 쥐고 다섯 집 반을 졌어."

"진짜 김채나 씨는 노래뿐만 아니라 바둑도 외계인이구만!"

"와하하하하!"

지켜보던 기객들이 탄성을 터뜨렸다.

앞에서 밝혔듯 채나는 선문의 98대 대종사로 잡학을 연마했다.

음악과 도술을 주로 배웠는데 도술 중에서 가장 싫어하는 과목이 바로 바둑이었다.

오랫동안 쭈그려 앉아 승부를 겨룬다는 것이 채나의 적성에 맞지 않았던 것이다.

그나마 바둑을 배우게 된 동기는 전투 때문이었다.

반상 위에서 서로 먹고 먹히는 치열한 싸움이 벌어지는 게임이었기에 채나는 바둑을 익힐 수 있었다.

또 바둑을 가르쳐 준 선생님이 한국 사람으로서 인자한 성격의 조훈국 9단이었기 채나의 까칠한 성격을 잘 받아줬다.

하지만, 신기하게도 채나의 기력은 사부인 조훈국 9단조차 가늠하지 못했다.

네가 돌 하나하나에 집중을 해서 행마를 한다면 천하제일 기사 될 것이다.

지금처럼 순전히 감각에 의존해서 속기로 둔다면 아마추어 초단조차 이기지 못할 것이고!

조훈국 9단이 채나를 졸업시키면서 마지막으로 한 말이었다.

채나는 백 판이면 아흔아홉 판을 번개에 콩 튀듯 속기로 뒀다.

지금 심 사범과 둔 한 판도 순전히 감각에 의존한 속기였다.

"한 방에 만 원씩이니까 육만 원 되겠습니다. 헤헤헤!"

"여기……."

심 사범이 고개를 숙인 채 지갑에서 만 원짜리 여섯 장을 꺼내 테이블에 올려놨다.

"김 언니!"

"네, 채나 씨!"

"이만 원은 집에 갈 때 택시 타고 가세요. 나머지 오만 원은 떡볶이를 시키시구요. 심 사범님이 쏘시는 겁니다아아."

"아하하하하!"

채나가 신파를 하듯 간드러지게 말하자 기원을 꽉 메우고 있던 기객들이 일제히 웃음을 터뜨렸다.

"놈… 의기양양하구나? 이번에는 나하고 한 수 하자!"

박효원 박사가 심 사범과 자리를 바꿔 앉으며 묵직하게 말했다.

"헤헤헤! 파파, 안녕!"

"기사는 인사도 돌로 하는 것이다. 호선을 가리자꾸나."

"NO! 파파가 연장자니까 원하는 대로 하셔. 흑을 쥐든 백을 쥐든!"

"흑을 쥐마! 타이틀은 심 사범과 동이다."

"OK!"

바둑에서는 하수가 흑 돌을 차지하고, 흑 돌을 쥔 사람이 먼저 둔다.

선수를 두는 것이 절대적으로 유리하다.

"단단히 각오해라, 이놈! 이번 기회에 지난번에 너한테 바가지 쓴 원수도 갚아주마."

"아호! 파파 완전 쫌팽이네? 뭘 그딴 걸 다 기억해? 몇 푼이나 된다고!"

"몇 푼? 자그마치 소 한 마리 값이 나왔어 이놈아. 잊어버리고 싶어도 도저히 잊혀 지지가 않아."

"에헤헤헤헤, 아써! 아써! 오늘은 살살할게. 출발—"

채나가 귀엽게 출발 신호를 울렸고.

딱!

박효원 박사가 바둑판 위에 힘차게 흑 돌을 놓았다.

노타임으로 채나가 백돌을 내려놓았다.

이놈이 천하의 심한기를 깬 놈이다. 신중하게, 신중하게……

박효원 박사가 천천히 포석을 시작했다.

$$* \qquad * \qquad *$$

대검찰청의 차장검사인 박영남의 형제들은 아무리 바빠도 일 년에 꼭 네 번은 장충동 본가에서 만났다.

설날 추석날 돌아가신 모친 제삿날, 그리고 부친인 박효원 박사의 생일날.

특히 박효원 박사의 생일날에는 하루 전에 본가에 모여 함께 저녁을 먹고 하룻밤을 묵은 뒤 다음 날 정오 무렵에 헤어지는 것이 암묵적인 약속이었다.

박 검사는 부인인 채희옥 변호사와 함께 오후 5시경에 장충동 본가에 도착했다.

형제들 중에서 매번 가장 늦게 왔기에 올해는 작심하고 모든 약속을 미룬 채 제일 먼저 달려왔다.

내일은 부친인 박효원 박사의 여든두 번째 생신이었다

"……!"

박 검사는 장충동 본가에 도착했을 때 무척이나 당황했다.

도둑이 침입한 줄 알고 112에 신고까지 하려 했다.

아마, 평생 놀랄 것을 오늘 다 놀랐을 것이다.

평소에는 좀처럼 열려 있지 않은 대문이 활짝 열려 있었고 대문 앞에는 큼직한 SUV 승용차 한 대가 삐딱하게 파킹돼 있었다.

박효원 박사는 밥상 위에 놓인 수저조차 가지런히 놓은 뒤 밥을 먹는 사람이다.

대문 앞에 이런 식으로 자동차가 주차돼 있다면 난리를 쳐서 벌써 어디선가 견인해 갈 것이다.

당혹한 마음으로 박 검사가 집안에 발을 디뎠을 때 이번에는 당황함 보다는 어이가 없었다.

넓은 정원이 동물농장으로 변해 있었다.

"으흐흐흐!"

하얀 고양이 한 마리와 검은 사자 한 마리, 그리고 공룡이 뛰어놀고 있었다.

자세히 보니까 검은 사자는 막내 동생인 박지은이 키우는 애완견 포였다.

지난번 추석에 봤을 때보다 배는 더 커진 것 같았다.

영락없이 검은 수사자였다.

고양이는 고양이였고.

또 공룡은 자세히 보니까 사람이었다.

더 자세히 보니까 여자였다.

"안녕하십니까? 한국CNA재단의 방 부장입니다. 김채나 회장님을 모시고 왔습니다."

공룡이 정중하게 배꼽 인사를 하며 자기소개를 했다.

군인이나 운동선수들 특유의 다나까식 인사였다.

"아, 그래요… 반갑습니다."

박 검사가 방그래가 너무 정중하게 인사를 했기에 어떨 결에 마주 인사를 했다.

덩치가 무지막지하게 위압적이었고.

"들어가십시오. 박사님과 회장님께서 바둑을 두고 계십니다."

"예에……."

아버님 친구분께서 놀러 오셨구나. 내일이 생신이고 하시니… 이 공룡 녀석은 수행원이고.

박 검사 부부는 이렇게 생각하면서 현관으로 들어섰다.

"뭐야? 파파 아직도 안 뒀어? 또 장고야? 진짜 짜증나게 하네!"

바로 그때, 귀여운 놀이 인형처럼 생긴 미소년이 생김새와 걸맞지 않게 큼직한 전기밥솥을 들고 종종걸음으로 거실을 가로질렀다.

채나였다.

박효원 박사와 채나는 백석기원에서 딱 두 판의 대국을 끝냈다.

어디서 어떻게 소식을 들었는지 채나교도들이 개미 떼처럼 몰려 왔던 것이다.

결국 대국 장소를 박효원 박사 집으로 옮겼고!

현재 스코어 2승 2패였다.

'저 녀석은 또 누구지?'

박 검사 부부가 마주봤다.

정말 놀람의 연속이었다.

박 검사는 지금까지 살아오면서 부친인 박효원 박사에게 이렇게 대놓고 하대를 하는 사람은 처음 봤다.

막내 동생이 유일하게 반말을 하지만 저 녀석처럼 짜증을 내느니 마느니 하면서 친구처럼 말을 하지는 않는다.

'근데 저 녀석 어디서 많이 본 얼굴인데?'

박 검사가 부인인 채 변호사를 재차 쳐다봤다.

"푸후후! 그 유명한 김채나 씨네요. 지구 최고의 총잡이, 천 년에 한 명 나올까 말까 한 가수, 건국 이래 최고의 연예인, 4차원 소녀, 외계인……."

채 변호사가 채나의 별명을 줄줄이 불렀다.

"핫핫핫! 그렇구만. 지은이 동생 김채나! 저 녀석이 우리 집엘 다 왔네?'

박 검사가 채나에 대해서 익히 들은 듯 너털웃음을 터뜨렸다.

"정말 안 둘 거야? 그럼 나 집에 갈 거야! 아후! 무슨 바둑을 한 수 두고, 한 시간 생각하고, 두 수 두고, 두 시간 생각해?"

"이놈아! 바둑은 장고에 참맛이 있는 거야."

"바둑은 장고에 참맛이 있어? 별소리를 다 듣네. 파파하고 바둑 몇 번 뒀다가는 명 짧은 인간은 죽겠다 죽겠어!"

"어째 말투는 아가씨 동생이 아니라 아버님 친구 같은데요?"

"나도 헷갈려, 흐흐흐!"

박 검사 부부가 거실로 들어오면서 채나와 박효원 박사가 다투는 소리를 듣고 쓴웃음을 머금었다.

"……!"

동시에 부부가 그대로 얼어붙었다.

거실 여기저기에 막 잔치 손님을 치른 듯 밥그릇과 쟁반들이 어지럽게 널려 있었기 때문이다.

신기하게도 병적일 정도로 깔끔한 성품의 박효원 박사가 널려 있는 음식 그릇에도 아랑곳하지 않고 팔짱을 낀 채 바둑판만 노려보고 있었다.

"쩝쩝쩝!"

그 건너편에서는 채나가 전기밥통을 통째로 갖다 놓고 순가락으로 밥을 떠서 입이 터져라 집어넣었다.

"아버님! 저희 왔어요."

"그래! 오느라고 고생들 했다. 미안하지만 세정 에미는 시장을 좀 봐 오거라! 음식이란 음식은 저 돼지 녀석이 모조리 먹어치웠다. 이 그릇들은 돼지가 남긴 잔재물들이고."

"푸후… 알겠습니다. 아버님!"

박효원 박사가 바둑판을 뚫어져라 쳐다보며 말했고 채 변호사가 웃음을 참으며 대답했다.

"쳇! 밥 한 공기 먹은 걸 가지고 유세하네!"

"핫핫핫! 김채나 씨 반갑습니다."

채나가 대뜸 투덜거렸고 박 검사가 인사를 건넸다.

"하이! 영남 오빠!"

"하. 이. 영. 남. 오. 빠?"

채나가 한 손에 숟가락을 든 채 손을 흔들며 미국식 인사를 했다.

박 검사가 입을 쩍 벌린 채 띄엄띄엄 복창했고.

박지은의 둘째 오빠인 박 검사는 채나 아빠보다 딱 한 살 밑이었다.

"푸후후! 당신 좋겠수. 우리 세정이보다 더 어린 채나 씨한테 오빠 소리를 다 듣고."

"헤헤, 맞잖아? 파파는 이분이시고, 영남 오빠는 마마 언니 오빠니까……."

채 변호사가 깔깔대자 채나가 족보를 설명했다.

"핫핫핫! 오랜만에 젊은 아가씨한테 오빠 소리를 들으니까 기분 수수하구만. 오빠니까 말 놔도 되지?"

"거럼!"

딱!

채나와 박 검사가 말을 트기로 약속할 때.

박효원 박사가 무겁게 바둑돌을 놓았다.

"장고 끝에 악수! 무려 두 시간 동안 생각한 수가 고작 이거야?"

딱!

채나가 박효원 박사와 거의 동 타임으로 착수를 했다.

"으음! 그런 수가 있었나?"

박효원 박사가 돌은 내려놓고 천천히 안경을 닦았다.

"파파 저 자세 나오면 또 세 시간짜리다."

채나가 발딱 일어섰다.

"배고프다, 영남 오빠. 우리 나가서 떡볶이나 사 먹고 오자."

"떡볶이?"

"그래라. 막내 동생이기도 하지만 내 친구인 남해 김 교장 손녀다. 세정 애비가 나가서 떡볶이 좀 사주고 오너라. 늙은 애비가 혼자 있다고 찾아와서 점심까지 해줬단다."

"예! 아버님."

박 검사는 서울법대 3학년 때 사법고시에 붙은 후 검사로써 근무한 지 30년이 다 됐다.

그동안 대검중수부장, 강력부장, 형사부장, 감찰부장, 공안부장 등의 요직을 역임했고.

박효원 박사가 채나에게 떡볶이를 사주고 오라는 말을 잘 알아들었다.

'녀석이 아버님이 아니라 내게 용건이 있었군. 그래서 오늘 장충동 본가를 찾아왔어.'

채나가 두툼한 다운파카에 털모자와 선글라스를 쓴 채 신당동 떡볶이 골목으로 가지 않고 동대역 쪽으로 걸음을 옮겼다.

떡볶이 골목보다 한 끗발 더 유명한 장충단 공원 쪽이었다.

"파파가 기다리실 테니까 용건만 말할게. 페어플레이를 했으면 해. 이번 대선 말야!"

"흑!"

채나가 장충단 공원으로 들어서며 대뜸 대통령 선거에 관한 애기를 꺼내자 박 검사가 마른 비명을 터뜨렸다.

박 검사는 채나가 자신에게 간단한 민 형사 사건을 부탁 하리라 예상했다.

한데 뜻밖에도 대통령 선거에 관한 것이라니!

겨우 이십대 초반의 아가씨가?

"혹시 여당 쪽에서 북풍 같은 바람을 일으키려고 하면 오빠가 좀 막아줘."

'이, 이 녀석 봐라? 이놈 연예인이 아니라 정치가였나?

채나가 계속해서 대선에 관한 얘기를 이어가자 박 검사의 눈이 가늘어졌다.

"총장님께도 부탁드렸어."

채나가 박 검사의 반응과는 상관없이 흡사 말하는 기계인형처럼 무덤덤하게 입술을 움직였다.

'총장님? 검찰총장?

"KBC 사장님과 함께 만났어. 울 아빠랑 세 분이 서울법대동기셨대."

"……!"

"삼촌을 통해서 안기부장님도 만나 뵀어. 이번 대선은 우리나라 유사 이래 가장 공정한 선거가 될 거라고 단언하셨어."

'이 녀석 삼촌이면 국군기무사령관?

박 검사가 채나의 외삼촌인 이진관 장군을 생각하며 어떤 회의 장면을 떠올렸다.

기억난다.

이 녀석이 민주평화당에 입당했을 때 민관군 정보관계자 통합회의가 열렸다.

경찰 안기부 기무사 검찰 청와대로 이뤄진 합동회의였어.

의제는 하나!

이 녀석을 어떻게 처리할 것인가였다.

청와대에서는 무조건 지워야 된다고 주장했다.

기무사 안기부 경찰 쪽에서 완강히 반대를 했고.

우리 쪽에서는 중립이었고.

그때, 난 겨우 연예인 한 명을 가지고 민관군 정보관계자들이 지워야 한다는 등 흉악한 말을 사용하면서 갑론을박을 하는 것이 너무 우스웠는데… 이제야 내가 얼마나 멍청했는지 알겠다.

이 녀석은 단순한 연예인이 아니었어.

대한민국 대검찰청 차장검사에게 서슴없이 대선에 관해서 훈수를 하는 엄청난 놈이야.

털썩!

채나가 수표교 근처의 벤치에 앉았다.

"영남 오빠도 알고 있겠지만 얼마 전에 울 신랑, 장한국 박사를 통해서 북쪽에서 메시지가 왔어. 북한에서도 콘서트를 해주면 어떻겠냐고!"

"그래서 뭐라고 대답했지?"

채나의 입에서 북한이라는 말이 떨어지자 처음으로 박 검사가 반응을 보였다.

채나가 준비해 온 히든 카드였다.

"두 가지 조건을 걸었어."

"두 가지 조건?"

"첫 번째는 이번 선거에 절대 북풍은 없다. 두 번째는 개런티 1억 달러."

"홋! 이미 북쪽에도 옵션을 걸었군. 노련한 정객이구만."

"노련은 무슨? 아무나 할 수 있는 얘기지."

"근데, 개런티로 1억 달러를 요구한 게 사실이었어?"

"그냥 한번 질러본 거야. 또 1억 달러쯤은 돼야 굶주리고 있는 북한 동포들과 대한민국의 불우한 이웃들에게 조금이나마 도움이 될 거고."

"개런티 1억 달러를 요구한 이유가 북한 동포와 우리나라 불우이웃을 도우려고?"

"그럼 그 돈을 내가 먹나? 사람들이 굶어죽는 나라에서 나오는 돈이야. 만약 정말 1억 달러를 주면 딱 반으로 나눠서 북한과 대한민국 동포들에게 줄 거야. 현찰로……."

"역시 외계인다운 발상이다."

박 검사가 채나와 얘기를 나누다 갑자기 고개를 갸우뚱했다.

놀랍게도 대화가 되고 있었다.

내일모레면 환갑인 대검의 차장검사와 이제 이십대 초반의 새파란 연예인 아가씨가!

대통령 선거라는 묵직한 주제를 놓고.

"끝으로 한마디만 할게! 난 어떤 정치적인 야심도 없어. 그저 대한민국이 세계에서 가장 부강한 나라가 됐으면 해. 그러려면 국가의 원수가 무엇보다 중요하지. 그래서 대선에 개입했고 영남 오빠에게 몇 가지 부탁을 하는 거야!"

"알았어! 내 힘이 닿는데까지 뛰어 보마."

채나가 속마음을 밝혔고 박 검사가 흔쾌히 승낙했다.

"OK! 이번 대선이 끝나면 영남 오빠도 눈치 보지 않고 소신껏 일할 수 있을 거야."

"······!"

채나가 미소를 띠며 손을 흔들었다.

눈치 보지 않고 소신껏 일할 수 있을 거다.

그런 자리를 주겠다는 뜻이었다.

"나도 하나 물어보자, 김채나!"

"얼마든지!"

"이번 대선에서 민광주 의원이 대통령에 당선될 확률이 얼마나 될 거 같냐"

"100%"

"백 프로?!"

"그러니까 줄 잘 서, 오빠!"

채나가 미소를 지으며 손가락으로 박 검사의 가슴을 콕콕 찔렀다.

채나가 흡사 유명한 여론조사 기관의 담당자처럼 민광주 의원이 대통령이 될 확률이 100%라고 단정했다.

또 박 검사는 100% 채나 말을 믿었다.

세상에 모든 것을 지배하는 선문의 대종사다운 위용이었다.

잠시 후, 채나와 박 검사가 다정한 오누이가 되어 신당동 떡볶이 집으로 가서 떡볶이를 먹었다.

물론 떡볶이 값은 박 검사가 냈다.

박 검사도 박효원 박사가 저녁 값을 지불했을 때처럼 똑같이 당황했다.

떡볶이 값이 꼭 박 검사 한 달 치 점심값만큼 나왔다.

9장

바람, 돈, 사람

"북측에서 자네에게 공연을 해달라고 요청을 했다는 게 사실이냐? 김 이사!"

　"응! 네 번씩이나 해달래. 평양 개성 나진에서……."

　"자네가 개런티로 1억 달러를 부른 것도 사실이고?"

　"쳇! 반땡 하자구 네고가 들어왔어."

　"반이라면 5,000만 달러?! 한화로 치면 500억 원이 넘는 돈인데 대단하구먼."

　"냉장고 그만 뒤지고 얼굴 좀 보면서 얘기하자꾸나, 김 이사! 답답하다."

충무의대 부속 서울강남의료원 환자복을 걸친 한국경제인 연합회 수장인 신우그룹 최강일 회장이 무릎에 깁스를 한 채 소파에 앉아 고개를 돌리며 말했다.

"짜증나! 최 회장님이 장이나 위 수술 한 것도 아니고 무릎 수술을 했는데 웬 죽 천지야? 냉장고에 맨 죽밖에 없어. 전복죽, 잣죽, 호박죽, 깨죽……"

"껄껄껄! 핫핫핫!"

채나가 수저로 죽을 퍼먹으면서 저쪽 방에서 걸어 나왔다.

넓은 가죽 소파에 앉아 차를 마시며 대화를 나누던 최 회장과 한국체육회 성창경 회장, 한국체대 여명숙 교수 등이 채나를 바라보며 웃음을 터뜨렸다.

"허참! 숱한 국민들이 사경을 헤맨다던데… 5,000만 달러씩이나 들여 가수를 초청해? 그 나라 지도자의 머릿속이 심히 궁금하구만."

"글쎄 말입니다. 남의 국가 일이지만 정말 걱정됩니다."

최 회장과 성 회장이 얼굴을 찌푸리며 혀를 찼다.

"속사정은 나도 몰라. 개런티도 달러가 아니라 금궤로 주겠대."

채나가 죽 그릇을 든 채 여명숙 교수 옆에 탈싹 주저앉았다.

"금궤?!"

"내가 금은방 주인이야, 뭐야? 웬 금궤? 품질은 또 어떻게 믿고? 전 세계에 신용불량 국가로 찍힌 나란데 납덩어리에 살짝 도금해서 주면 나 보고 어쩌라고? 바꿔달라고 금궤를 머리에 이고 평양으로 다시 가나? 그러다 미사일이라도 쏘면? 진짜 개빡쳐!"

"아핫핫핫! 껄껄껄껄!

죽사발을 든 채나가 얼굴을 진짜 죽사발로 만들면서 너스레를 떨자 최강일 회장 등이 배꼽을 쥐었다.

전임 한국체육회장으로 IOC위원이며 한국체육회 상임고문을 맡고 있는 최강일 회장이 무릎 수술을 받고 서울강남의료원 VVIP실에 입원을 했다.

성창경 한국체육회장을 비롯한 임원들이 병문안을 왔고.

충무의대 부속 서울강남의료원 VVIP병실은 소문 그대로 50평대 호화빌라다.

아니, 호화빌라보다 세 등급쯤 위였다.

24시간 의료진이 상주했으니까!

그리고 지금 이제 막 VVIP병실에 들어와 자리에 앉은 손님들.

한국체육회 임원들이라고 간결하게 표현했지만 절대 표현만큼 간결한 사람들이 아니었다.

채나조차 체육회 임원이 아니었다면 쉽게 만날 수 없는 거물들이었다.

여덟 명 중 여섯 명이 대기업 총수였다.

한 명은 올림픽 금메달리스트로 대학의 학과장 교수였고, 나머지 한 명은 외계인이었다.

최강일 회장과 성창경 회장, 정몽철 회장 등은 아시아 경제 저널이 선정한 2002년 대한민국 십대 거부 반열에 올라 있었고!

"어떤 차를 드릴까요? 김 이사님."

"됐어요!"

미모의 여비서가 다가와 정중하게 말을 건네자 채나가 불퉁스럽게 받았다.

"껄껄껄! 보아하니 김 이사는 내 문병을 온 게 아니라 밥을 얻어먹으러 온 것 같다. 이 병원 건너편에 유명한 한우갈비집이 있더라. 소갈비 십 인분만 시켜라. 서 비서!"

"네에, 회장님!"

"회장님은? 사람이 몇인데 십 인분을 시켜?!"

"오, 미안! 내가 김 이사 먹성을 간과했구나. 한 오십 인분쯤 시켜라, 서 비서! 우리도 김 이사 덕분에 간만에 한우갈비 맛 좀 보자."

"역시 내가 존경하는 최강일 회장님이셔!"

"김 이사 역시 속이 쉽게 보여서 좋다. 소갈비를 시키니까 없는 존경심이 그냥 튀어나와."

"에헤헤! 호호호!"

최 회장이 입가로 미소를 흘리며 채나의 접대용 멘트를 꼬집었다.

사실, 이 자리에 있는 한국체육회 임원들 중에서 채나와 가장 가까운 사람은 성 회장이나 여명숙 교수가 아니라 최 회장이었다.

채나가 미국사격 대표선수로서 세계무대를 휩쓸 때 넉넉지 않은 가정형편이 알려지자 아무도 모르게 후원금을 보내줬다.

미국사격협회 페이지 회장에게 전화를 해 채나를 부탁한 사람이 바로 최 회장이었다.

또 채나를 한국마사회 사격단 선수 겸 코치로 취업시킨 것도, 여명숙 교수를 시켜 한국체육회 이사로 끌어들인 것도 최 회장이 한 일이었다.

이런저런 이유로 최 회장과 채나는 서슴없이 반말을 하고 병실 냉장고를 뒤져 죽을 꺼내 먹을 만큼 격이 없는 사이였다.

"아무튼 우리 김 이사 굉장하구나. 철의 장막이라는 북한에서 5,000만 달러의 거금을 받고 공연을 다하고!"

"대한민국에서 만들어낸 최고의 히트상품이라더니 명불허전입니다."

"뭐, 김 이사 같은 세계 탑 레벨의 가수가 개런티로 5,000만 달러를 받았다면 그리 대단한 액수는 아닙니다."

"북한의 3개 도시에서 4회 공연이라면 준비 과정까지 적어도 한 달 이상이 소요되죠. 개런티를 김 이사가 독식하는 것도 아니고 공연 준비해 주는 회사와 스태프들 주고, 세금하고 이것저것 떼면 실제 김 이사가 손에 쥐는 액수는 얼마 안 되죠!"

최 회장과 성 회장이 채나의 5,000만 달러라는 개런티에 경탄을 하자 자회사로 ㈜KMC엔터테인먼트를 거느린 KM그룹의 이 회장이 입을 열었다.

이 자리에 있는 회장들 중에서 가장 젊은 현대그룹의 정 회장이 보충설명을 했고.

이 회장과 정 회장의 설명은 비교적 정확했다.

팝의 황제라는 마이클 잭슨은 생전에 TV 토크쇼에 출연하면서 단 일회 출연료로 100만 달러를 훨씬 넘게 받았다.

유명한 가수 아델은 1분 공연에 영국 화폐로 10만 파운드, 25분 공연에 250만 파운드, 한화로 40억원이 넘는 개런티를 요구해 화제가 된 적이 있었다.

이들과 비교할 때 채나가 북한 공연에서 받는 액수는 정말 약소했다.

채나는 이미 정규앨범 1집 선주문이 한국을 제외하고도 1억 3,500만 장에 이를 만큼 엄청난 세계 부동의 원톱 가수가 아니던가?

"그럼 북쪽 공연은 확실히 결정된 거냐? 김 이사!"

최 회장이 다시 한 번 북한 공연을 확인했고.

"좀 더 생각해 봐야겠어. 북쪽에서 공연한다는 게 말처럼 쉬운 문제가 아니더라구. 반대하는 사람도 엄청 많아."

채나가 짜증스럽게 대답했다.

대한민국 가수들의 북한 공연.

그동안 공공연한 비밀로 가왕 최영필 등 수많은 가수가 북한에서 공연을 했다.

그리 새삼스러운 일도 아니었다.

한데, 채나의 북한 공연은 꽤나 새삼스러웠다.

1억 달러니 5,000만 달러니 하는 무시무시한 개런티도 호재였지만 그 공연 발표 시기가 대선정국과 맞물리면서 많은 호사가들의 입살에 올랐다.

왜 하필 이때지?

덕분에 미국에서 날아온 채나의 정규앨범 1집 선주문 소식과 북쪽에서 날아온 북한 공연 뉴스는 대통령 선거를 지방선거만도 못하게 눌러 버렸다.

채나는 얼마 전에 안기부장, 검찰총장, 기무사령관, 대검차장 등 정보관계의 주요 인사들을 만난 대선 판에서 불 수 있는 바람들을 막아달라고 부탁했다.

정작 바람은 채나가 일으키고 있었다.

거꾸로 여당에서 북풍을 맞고 있었던 것이다.

먼저 강력한 미풍이 불었고!

"나도 반대다. 예술은 의식주가 해결된 뒤에 하는 것. 끼니가 간데없는 나라에 가서 공연을 하고 돈을 받는다는 것은 그 나라 국민들을 고문하는 것이나 다름없다."

"그렇습니다. 차라리 그 시간에 다른 나라에 가서 공연을 하세요. 김 이사!"

"맞습니다. 그곳에서 받은 개런티로 북한동포를 도와주는 게 훨씬 낫죠."

"잘못하면 김 이사 이미지에도 흠집이 납니다. 돈만 밝히는 연예인이라고 말입니다."

최 회장과 성 회장 등이 기다렸다는 듯 반대 의사를 피력했다.

이들은 잘 알려진 대로 대한민국 보수우익의 거두들이다.

북한이라면 치를 떤다.

"쩝쩝쩝!"

채나가 귀찮다는 듯 말을 멈추고 죽사발에 얼굴을 파묻었다.

"그건 그렇고……."

최 회장이 병실 입구에 놓여 있는 화분을 바라보며 화제를 돌렸다.

최 회장은 이미 며칠 전에 채나의 북한 공연 소식을 접하고 심도 있는 충고를 해줬다.

"저기 김 이사가 들고 온 화분에 붙은 리본들 좀 떼와 봐라, 서 비서! 대체 뭔 글씨를 저렇게 요란하게 쓴 거냐?"

"헤헤헤! 요란하긴?"

최 회장이 서 비서에게 지시를 하자 채나가 서 비서보다 먼저 리본을 떼서 최 회장에게 건넸다.

지시형 인간인 채나에게서 쉽게 볼 수 없는 모습이었다.

채나가 솔선해서 시중을 들 만큼 최 회장은 채나에게 어려운 사람이기도 했다.

최강일 회장님의 쾌유를 기원합니다.
한국CNA재단 이사장.
CNA투자금융 회장.
한국체육회 이사.
대한사격협회 해외이사.
한국마사회 스포츠 부장겸 사격단 수석코치.
DBS 우수회장 김채나.

리본에는 별 달기 좋아히는 제니답게 〈우스다〉 출연시절 만들어진 가수들 친목회장 직위까지 꼼꼼히 적혀 있었다.

피식!

채나의 성품을 익히 아는 최 회장이 리본을 살펴보며 쓴웃음을 흘렸다.

"다른 직책들은 대충 알겠는데 CNA투자금융 회장은 뭐냐? 김 이사!"

"나도 물어보고 싶었습니다. 김 이사가 투자회사를 차린 겁니까?"

최 회장과 KM그룹의 이 회장이 CNA투자금융에 대해서 물었다.

이 회장이 총수로 있는 KM그룹의 산하에는 KM은행과 KM보험 등 돈을 상품으로 다루는 금융회사가 무려 일곱 개나 있었다.

당연히 CNA투자금융이란 회사의 정체가 궁금할 수밖에 없었다.

"내가 요즘 돈을 좀 벌잖아?"

"좀 버는 게 아니라 거의 조폐공사에서 돈을 찍어내는 수준이지. 껄껄껄!"

"그, 그 정도까지는 아니야. 아무튼 돈이 많이 들어와. 친구가 장부를 만들어 줬는데 그것 가지고는 어림없어."

"해서 김 이사 수입을 관리하는 회사를 만들었다?"

"응! 또 여기저기 투자를 하려면 아무래도 회사 같은 법인을 통해야 편할 거고."

"호오? 이거 우리나라 경제계에 만만찮은 신성이 출현했구먼."

"그러게 말입니다. CNA투자금융! 꼭 기억해 두죠."

"헤헤헤! 대한민국 재계의 거물들께서 그렇게 말하니까 약간 창피하다."

최 회장과 이 회장이 재계의 이무기들답게 CNA투자금융의 미래를 예견했다.

"최 회장님! 김 이사가 갖고 온 화분은 저를 주시죠. 회장님 댁 정원 한구석에 묵히기엔 아깝군요."

거의 동시에, 성 회장이 야릇한 미소를 띠며 채나가 갖고 온 화분을 바라보며 말했다.

"그렇게 하시구랴! 화초의 문외한 저보다 저명한 원예사(園藝師)이신 성 회장님 손에서 자라는 게 더 행복하겠지요."

원예사란 채소 과일 화초 따위를 직업적으로 가꾸는 사람을 뜻 한다.

성 회장은 원예사라는 별명을 얻을 만큼 유명한 분재 광이었다.

분재(盆栽)는 화분에 키 낮은 나무를 심어 가꾸는 것을 말했다.

덕분에 성 회장은 희귀한 나무나 화초, 약초들을 쉽게 알아봤다.

채나가 들고 온 화분에 심겨진 식물도 한눈에 알아봤고.

"어떻소? 내가 김 이사는 갖고 온 화분을 가져가도 되겠소?"

다시 성 회장이 묘한 웃음을 흘리며 채나에게 말을 건넸다.

"갑자기 개발에 편자, 돼지 목에 진주 목걸이. 이런 말들이 생각나네요."

"어헛헛헛헛헛!"

채나가 의미를 알 수 없는 말을 뱉으며 툴툴댔고 성 회장이 파안대소를 터뜨렸다.

"쳇! 나도 팥죽이나 몇 그릇 사올 걸 그랬어. 괜히 파주까지 왔다 갔다 하고……."

"허허헛! 고생하셨오, 김 이사! 기왕 귀물을 가지고 나오셨으니 둘이 한 뿌리씩 나눠 먹읍시다."

"그러세요. 대신 큰 놈은 제 겁니다."

"이를 말이오. 이거 정말 고맙소. 지난번에는 김 이사 덕분에 진품 웅담을 먹었는데 이번에는 또 천종삼을 복용하게 되다니. 어허허허허!"

"……!"

그때서야 최 회장이 뭔가 감을 잡은 듯 두 눈을 치켜떴고.

"기, 김 이사가 가지고 온 저 화초가 산삼입니까. 성 회장?

조심스럽게 화초의 정체를 물었다.

"허허허, 에! 맞습니다. 산삼입니다. 백 년이 훨씬 넘은 산삼!"

성 회장이 탁자 위에 놓은 화분을 물끄러미 쳐다보며 대답했다.

"산삼이요?!"

"아니, 김 이사가 가지고 온 저 화초가 산삼이라구요??"

"정말 백 년 묵은 산삼입니까?"

성 회장의 말에 최 회장 등이 당혹했다.

최 회장 등은 대한민국에서 손가락으로 꼽는 거부들이었지만 산삼은 말로만 들었다.

이렇게 가까이에서 대하는 것은 처음이었다.

"어디 어디 구경 좀 하죠?"

"백 년 묵은 산삼은 도대체 어떻게 생긴 거야?"

여명숙 교수 등이 채나가 가져온 화분 쪽으로 튕기듯 달려갔다.

"저 화초가 정말 백 년 묵은 산삼이냐… 김 이사?"

"백 년까지는 모르겠는데 산삼은 확실해. 지난여름에 파주 채나원의 뒷산에서 내가 직접 채취했거든."

실제로, 채나는 민통선과 가까운 파주 채나원에서 일곱 채의 산삼을 발견했다.

그중 두 채는 박지은이 채나원을 방문했을 때 나눠 먹었고, 나머지는 모처에 정성껏 보관하고 있다가 오늘 수술한 최 회장에게 두 채를 선사한 것이다.

자신을 돌봐줬던 최 회장의 은혜도 갚을 겸 겸사겸사.

"어허허허! 아까 내가 자세히 살펴봤는데 산양삼 따위가 아니고 진짜배기 천종삼이었습니다. 김 이사가 최 회장님을 얼마나 존경하는지 알 듯합니다."

성 회장이 부러운 표정으로 채나가 가져온 산삼이 진품임을 보증했다.

성 회장은 몸에 좋은 것이라면 개똥도 먹는 사람답게 그동안 산삼을 열 뿌리도 넘게 복용했다.

게다가 원예사라는 별명이 붙을 만큼 분재의 대가였다.

산삼을 감정하는 데 있어서 심마니는 저리 가라였다.

산양삼은 사람이 산에 산삼 씨를 뿌려 자연 상태에서 키운 삼을 말한다.

천종삼은 야생에서 스스로 자란 삼을 뜻하고! 진짜 산삼이다.

그럼 산삼을 화분에 심어도 잘 자랄까?

아주 잘 자란다.

산삼은 말 그대로 척박하기 짝이 없는 산속에서 자란 삼이다.

백 년 근 산삼이라 해도 육 년 근 인삼보다 훨씬 작다.

영양분이 없는 흙속에서 조금씩 조금씩 끈질기게 자라서 그렇다.

물론, 화분에 산삼 씨를 뿌려 재배를 하는 순간부터 산삼이 아니다.

"거 참! 난 그런 줄도 모르고… 민망하구먼."

"민망할 것 없어. 성 회장님이랑 두 분이 한 뿌리씩 나눠 드셔."

최 회장이 채나가 가져온 화초가 평범한 난초쯤 되는 줄 알고 성 회장에게 선뜻 가져가라고 했던 것이 후회가 되는지 얼굴이 벌게진 채 말을 더듬었다.

채나가 신경질적으로 오금을 박았고.

"어허! 김 이사는 무슨 말을 그렇게 하나? 세상에 나눠 먹을 게 없어서 약을 나눠 먹는다든?"

"아니, 아까 원예사 어쩌고 하면서 가져가라고 하신 분은 어떤 분이십니까? 혹시 최 회장님 아니셨습니까?"

"모르겠소! 최 회장이라는 무식한 늙은이는 올가을에 죽었시다."

"아하하하하!"

채나가 가져온 화초의 정체가 산삼이란 것을 알고 난 후 태도가 백팔십도 변한 최 회장이 병실을 웃음바다로 만들었다.

"뭐하느냐, 서 비서? 성 회장님 침 삼키는 소리 안 들려? 빨리 김 이사가 가져온 저 산삼을 내 침대 머리맡에 갖다 놓거라. 성 회장님이 집어갈까 무섭다!"

"핫핫핫핫!"

다시 성 회장 등이 폭소를 터뜨렸다.

"산삼을 먹으면 정말 병이 빨리 났나요? 성 회장님!"

"산삼은 만병통치약이라오. 특히 수술한 환자가 먹으면 놀라울 정도로 빠르게 완쾌가 되지요."

여명숙 교수가 호기심 어린 눈으로 채나가 가져온 산삼을 살펴보며 산삼의 효능에 대해서 물었고 성 회장이 찬찬히 대답했다.

"채나야……."

"부르지 마. 산삼커녕 도라지 한 뿌리도 없어."

"어이구, 원수!"

"껄껄껄!"

여 교수가 은근한 눈빛으로 채나를 불렀고 채나가 가차없이 잘랐다.

"여 회장! 너무 부러워 마시오. 저 짠순이 김 이사가 산삼을 가져왔을 때는 그만큼 골치 아픈 숙제도 같이 가져왔을 거요."

"……?"

역시 최 회장은 백 년 묵은 산삼만큼이나 노련했다.

채나의 생각을 쉽게 읽었다.

"그래! 무슨 일이냐, 김 이사? 산삼까지 받았는데 내 어떤 부탁이든 들어주마."

최 회장이 채나의 용건이 뭔가 심상치 않다는 것을 예감한 듯 무겁게 입을 열었다.

"페어플레이를 하자는 거죠 뭐! 이번 대선."

채나는 최 회장과는 반대로 마치 친구에게 얘기하듯 가볍게 말했다.

그리고 익숙하지 않은 존댓말을 썼다.

채나는 공적인 얘기를 할 때는 억지나마 존댓말을 사용했다.

"말 돌리지 말고 김 이사답게 단도직입적으로 말해라!"

최 회장이 눈살을 찌푸리며 채근했고.

"돈 문제죠. 회장님들께서 이번 대통령 후보들에게 정치후원금을 공평하게 주셨으면 해서요."

"으음!"

이어지는 채나의 말에 여기저기서 신음이 터져 나왔다.

그야말로 산전수전 다 겪은 대한민국 재계의 이무기들로 하여금 신음을 토하게 만든 말.

정치후원금!

쉽게 말하면 정치자금이다.

예나 지금이나 정치자금 문제는 아슬아슬할 만큼 조심스러운 문제다.

채나가 그 문제를 선뜻 거론했다.

그것도 공개석상에서!

진짜 단도직입적으로!

나이 스물에 대통령 선거캠프의 정치자금 관리총책이라?

하기야 이십대에 국회의원에 출마하는 놈들도 있는 판에 뭐…….

세상 참 많이 변했어.

정치자금을 거론한 채나를 바라보는 '회장님'들의 하나같은 생각이었다.

실은, 오늘 한국체육회 임원들의 최 회장 병문안은 그저 명분에 불과했다.

대한민국 재계를 쥐락펴락하는 거물들이 강력한 차기 대권후보자로 알려진 민광주 의원의 최측근인 채나를 만나보고자 했다.

민광주 의원이 장차 대한민국을 어찌 경영할지 그 마인드가 궁금했던 것이다.

결정적으로 정치자금을 얼마나 줘야 할지 알아보고 싶었고!

공식적으로 채나는 민광주 후보 캠프의 정치자금을 담당하는 재경위원회 부원장 명함을 갖고 있었다.

해서 재계의 원로이자 한국체육회장인 성 회장이 최 회장의 문병을 핑계로 자연스럽게 자리를 만들었다.

"한국당 후보에게 후원금을 주신만큼 우리 민광주 후보에게도 주셨으면 해요. 백 원을 주셨으면 백 원을 만 원을 주셨

으면 만 원을!'

"껄껄껄껄! 어헛헛헛!'

채나의 말에 어이가 없다는 듯 최 회장 등이 너털웃음을 터뜨렸고.

"아니, 민광주 후보에게는 한 푼도 안 줘도 괜찮습니다. 대신 한국당 후보에게도 공식적인 후원금 외에 고속도로 휴게실이나 지하주차장에서 몰래 사과상자를 건네주지 않았으면 해요."

"……!"

계속되는 채나의 말에 웃음이 멈췄다.

몰래 건네는 사과상자.

음성적인 정치자금을 에둘러 표현한 말이었다.

실제 정치자금을 사과상자에 담아 배달을 하기도 했다.

"회장님들께서 여당인 한국당과 밀접한 관계가 있다는 사실을 잘 알아요. 어느 정도 성의 표시 하는 거야 충분히 이해하죠. 하지만 도를 넘지는 말았으면 합니다."

"……!"

"오늘 회장님들께 부탁드리고자 했던 요지예요."

채나가 말을 많이 해서 피곤하다는 듯 쌀쌀맞게 손을 흔들며 입을 닫았다.

"껄껄껄! 난청이 있나? 김 이사가 입으로는 부탁이라고 하는데 내 귀에는 협박으로 들리네그려."

"제 귀에도 그렇게 들렸습니다."

"쌍팔년도에 독재자들이 총을 들이대고 돈을 달라고 할 때보다 더 무섭군요."

최 회장 등이 재계의 구렁이들답게 여유로운 미소를 흘렸다.

겉으로 볼 때 그렇다는 말이다.

속은 전혀 아니었다.

실로 오랜만에 경험하는 감정이 뇌리 속을 맴돌았다.

불쾌감!

채나와 가까운 최 회장조차 불쾌감을 느꼈다.

정치자금을 여야당 후보에게 공평하게 나눠줘라!

성의는 표시하되 도를 넘지는 말았으면 한다!

이것이 대한민국의 권력과 금력을 한 손에 움켜쥐고 있는 '회장님'들 안전에서 이십대 초반의 아가씨가 뱉은 말이다.

그 살벌했던 군부독재 시절에도 정치자금을 얘기할 때는 최고위층이 정중히 부탁을 했지 지금 채나처럼 대놓고 어쩌고저쩌고 하지는 않았다.

채나가 공식적인 민광주 후보 대통령 선거대책본부의 재경위원회 부위원장이라고 하지만 그건 민광주 후보 쪽 얘기였다.

단군 이래 최고의 슈퍼스타니 해도 최 회장 등이 볼 때 채나는 스포츠와 음악에 약간의 재주가 있는 애송이 아가씨에 불과했다.

정치나 경제 쪽은 아예 왕초보였고!

한데, 이 꼬마 녀석이 뭘 믿고?

툭!

채나가 특유의 무감정한 표정으로 누런 대봉투를 하나 탁 자 위에 던졌다.

채나가 믿고 있는 패였다.

"각종 매스컴에서 이번 대통령 후보들에 대한 여론조사를 한 보고서예요. 민광주 후보가 한국당 후보를 상대로 30% 이 상 리드하고 있더군요. 참고들 하세요."

"……!"

갑자기 실내가 미묘한 침묵에 휩싸였다.

'회장님'들은 채나보다 이 여론조사서 내용을 더 잘 알았다.

합동으로 조사도 했고 단독으로 조사도 했다.

그것도 아주 여러 번!

일단 한 가지는 채나가 틀렸다.

민광주 후보는 30%가 아니라 40% 이상 리드하고 있었다.

이미 선거전문가들은 민광주 후보가 청와대로 가는 것은 돌이킬 수 없는 대세라고 단언했다.

그 결정적인 포인트가 바로 채나였다.

채나교도들에게 채나의 말은 무조건 따라야 하는 성령이었다.

천만이니 이천만이니 하는 채나교도들이 민광주 후보에게 몰표를 던진다면??

유감스럽게 대통령 선거는 그것으로 끝이었다.

김채나공화국이니 채나민국이니 하는 소리가 헛소리가 아니었다.

채나는 그 힘을 교묘하게 이용해 '회장님'들을 압박했다.

채나가 정치판에 발을 디디면서 노골적으로 드러내는 채나의 사악한 면이었다.

또, 이곳에 모인 '회장님'들은 대기업의 총수들이었지만 장사꾼들이었다.

장사꾼은 기본적으로 이익 창출이 목적이다.

항상 이기는 편이 내 편이다.

집권당이 우리당이고 선거에서 이기는 대통령이 우리 대통령이었고.

말을 갈아타자!

'회장님'들의 결정은 오래전에 끝났다.

오늘 채나는 그저 확인사살을 한 것뿐이었다.

…….

무거운 침묵이 실내를 감쌌다.

흐흣! 재미있는 놈.

충무의대 부속 서울강남의료원장.

박효원 박사가 오후 회진 시간이었기에 칠팔 명의 의사를 대동한 채 오 분 전쯤 병실에 들어와 있었건만 아무도 눈치채지 못했다.

그만큼 채나가 터뜨린 정치자금이라는 폭탄의 후폭풍이 강력했던 것이다.

4승 5패!

박효원 박사가 지난 생일 전야제(?) 때 채나와 대국한 전적이다.

박효원 박사와 채나의 바둑치수는 거의 비슷했다.

치열한 대국 덕분에 여든 두 번이나 맞이했던 생일 중에서 가장 정신없는 생일을 보냈다.

다섯 아들 내외와 손자들까지 삼십여 명의 식구가 장충동 본가에 몰려들었음에도 누가 왔다 갔는지 기억조차 나지 않았다.

오로지 채나와 바둑을 둔 기억밖에 없었다.

신선노름에 도끼자루 썩는 줄 모른다.

박효원 박사는 바둑을 취미로 갖은 이후 처음으로 이 말뜻을 깨달았다.

어느덧 채나는 박지은의 친구가 아니라 박효원 박사의 친구가 됐다.

"험험험—"

막 최 회장이 박효원 박사가 들어온 것을 알고 잔기침을 하며 침묵을 깰 때,

"나쁜 놈! 사람 차별을 심하게 하는구나."

박효원 박사가 먼저 창노한 음성을 토했다.

"엊그제 내 생일에 와서는 달랑 개떡 몇 개 놓고 가더니 최 회장님 문병 올 때는 백 년 묵은 산삼을 가지고 와?"

"껄껄껄! 농이 심하십니다. 김 이사가 사돈 생신에 개떡 몇 개를 선사하다니요?"

"사실이외다. 그뿐만 아니라 집 안에 음식이란 음식은 모조리 거덜 내고 내 돈까지 따먹고 튄 놈이 바로 이놈이오."

박효원 박사와 최강일 회장은 무척이나 돈독한 사이였다.

최 회장의 큰딸이 박효원 박사의 큰며느리로 사돈지간이었기 때문이다.

그런 인연으로 최강일 회장이 한국체육회장 재임 시절에는 박효원 박사가 한국체육회 의무분과위원장을 지내기도 했다.

"화아아아, 파파! 사람 고치는 의사가 아니라 사람 치는 깡패였네?"

박효원 박사가 정색하고 얘기를 하자 채나가 화들짝 놀랐다.

"지금 무슨 말을 하는 거야! 내가 집까지 가서 밥도 해주고 놀아줬잖아? 재미도 없는 바둑을 아홉 판이 뒤 주고!"

채나가 발딱 일어서며 목청을 높였다.

"점심을 함께 먹어주면 100만 달러를 내겠다는 팬도 있어. 내가 파파 생일 때 얼마짜리 봉사를 한 줄 알아? 돈으로 환산하면 백 년 묵은 산삼 열 뿌리는 살 거다. 아후! 파파하고는 영 코드가 안 맞아!"

"껄껄껄! 헛헛헛!"

채나가 정말 열이 난 듯 씩씩대자 최 회장 등이 박장대소를 터뜨렸다.

자연스럽게 정치자금 얘기로 무거워졌던 분위기가 사라졌다.

"김 이사 말이 맞습니다, 사돈!"

"김 이사와 점심을 같이 먹으려면 100만 달러가 필요하고 저녁을 같이 먹으려면 200만 달러를 내야 한답니다. 김 이사가 집에 가서 밥까지 해주고 같이 놀아줬다면 정말 돈으로 따질 수 없는 지극 정성이죠."

"봐, 파파! 회장님들 말씀 들었지?"

"알았다, 이놈아! 그럼 이 일은 어떻게 책임질래?"

박효원 박사가 의미를 알 수 없는 말을 던지며 다소곳이 서 있는 서 비서에게 눈을 돌렸다.

"서 비서! 이렇게 따뜻한 날에는 커튼을 열어놔야 회장님 건강에 도움이 되오."

"네, 원장님!"

쫘악! 서 비서가 커튼을 열었다.

"와아아아! 교주님이다. 울 교주님이야"

"정말 우리 병원에 교주님께서 왕림하셨어!"

건너편 건물의 옥상과 병실에서 하얀 가운을 걸친 의료진들과 환자복을 입은 환자들이 빽빽이 늘어서서 이쪽 병실을 쳐다보며 환성을 터뜨렸다.

"남 선생! 저쪽 창문 커튼도 여시오."

"알겠습니다, 원장님!"

다시 박효원 박사가 젊은 여자 의사를 바라보며 지시를 했고.

여자 의사가 미소를 지으며 재빨리 커튼을 열었다.

"꺄약! 채나, 채나, 김채나!"

"교주님! 여기예요, 교주님! 교주님!"

역시 건너편 건물의 옥상과 병실에서 채나를 연호하며 난리법석을 떨었다.

충무의대 부속 서울강남의료원은 30층 건물 세 개 동으로 지어져 있었다.

이 VVIP 병실은 세 개 동의 정중앙에 있는 A동 30층에 있었고.

"우리 병원의 직원들과 입원한 환자들이다. 네가 우리 병원에 왔다는 소식들 듣고 저 난리들이구나. 어떠냐? 시간을 좀 내서 저 사람들에게 사인을 해주고 사진도 같이 찍어주는 게? 아니면 체력단련장에 가서 노래를 몇 곡 불러주든가?"

"마마 언니는 어떻게 했어?"

"정기적으로 병실을 순회하며 사인을 해준다. 사진도 같이 찍고."

"헤헤헤, 그럼 난 노래도 불러줄게. 우리 가족이라는데, 뭐!"

"놈! 고맙다."

박효원 박사가 몸을 돌렸다.

"침실로 들어가시지요, 최 회장님. 상태를 좀 봐야겠습니다."

"껄껄껄, 그럽시다."

최 회장이 웃으면서 박효원 박사를 따라 침실로 들어갔다.

끝으로 박효원 박사가 한마디 했다.

"오늘 저녁에 전국대학병원장들 모임이 있다. 같이 가자꾸나!"

"네에, 파파!"

박효원 박사도 '회장님' 들처럼 말을 갈아탔다.

"걱정 마십시오, 교주님!"

"이제 한국당은 끝났어요. 전국의 채나교도들이 대동단결 했습니다."

뒤이어 박효원 박사를 따라 침실로 들어가던 젊은 남자 의사들이 채나를 향해 주먹을 불끈 쥐었다.

"쌩유!"

채나가 해맑은 미소로 화답했고.

동시에 '회장님' 들의 등 뒤로 원인을 알 수 없는 식은땀이 흘렀다.

'우리 사회의 최고 엘리트라는 종합병원의 의사들까지 교주님이라고 불러?!'

바람, 돈, 사람.

고래로 이 세 가지를 잡으면 선거에 무조건 이긴다고 했다.

채나는 바람과 돈을 잡은 후 사람을 잡기 위해 호남으로 내려갔다.

*　　　*　　　*

광주광역시 광주역 건너편에 자리 잡은 45층짜리 호텔, 인터내셔널 광주는 황금빛 무궁화 다섯 개가 선명하게 박혀 있는 특일급 호텔로서 호남지방에서 첫손가락으로 꼽았다.

부속시설인 호텔 지하에 있는 외국인 전용 카지노 골드랜드

와 맨 꼭대기 층의 캔 나이트클럽은 호텔보다 더욱 유명했다.

특히 서울 강남에서 잘나가는 클럽을 그대로 퍼왔다는 캔 나이트클럽은 대한민국에서 내로라하는 유명 연예인들이 교대로 출연을 해 물 좋기로 소문이 났다.

덕분에 손님들이 문전성시를 이뤄 그야말로 황금알을 낳는 거위였다.

오늘 같은 주말에는 밀려드는 손님들로 호텔이 무너질까 봐 걱정이 될 정도였고!

"손님에게 친절해라 곧 돈이다. 손님이 때리면 맞아라, 곧 돈이다. 손님에게 친절해라."

캔 나이트 직원 제복을 입고 가슴에 '무등산'이란 이름표를 부착한 웨이터가 어둠침침한 지하주차장 구석에서 담배를 피며 뭔가 연신 중얼거렸다.

그동안 무등산이 웨이터 생활을 하면서 지켜왔고, 지키려고 노력했던 일종의 직업관이었다.

"푸후―"

무등산이 담뱃불을 바닥에 비벼 끄고 길게 심호흡을 했다.

"그래! 딱 한 번만 더 얘기해 보고 그래도 안 먹히면 진상 처리다. 좋은 게 좋은 거니까!"

곧 바로 캔 나이트 전용 엘리베이터를 타고 45층으로 올라갔다.

지난날 그리워하는 것은 아쉬움 때문이야!

*어둠 속으로 걸어가는 너의 뒷모습처럼 지난날 그리워하는
것은―*

무등산이 클럽 문을 열자 귀청이 찢어지는 듯한 음악 소리
가 울려 퍼졌다.

넓은 홀에서는 한겨울임에도 불구하고 미니스커트와 나시
티를 걸친 수백 명의 '클러버'가 음악에 맞춰 신나게 춤을 추
고 있었다.

무등산이 테이블이 사이를 조심스럽게 빠져나가 남자 가
수가 밴드에 맞춰 노래를 하는 무대 옆으로 다가갔다.

'이 밤에 웬 선글라스? 개나 소나 그저 연예인 코스프레…
지겨워!'

무등산이 애써 비웃음을 감추며 테이블 앞에 서서 정중하
게 배꼽 인사를 했다.

모피로 전신을 감싼 채 선글라스를 쓴 무지막지한 거구와
방울이 달린 노란색 털모자에 핑크색 구즈 다운 파카를 걸치
고 역시 선글라스를 쓴 날씬한 아가씨가 마주 앉아 있었다.

왠지 억지 냄새가 풍겼지만 나름 부티가 나는 그런 코디였
다.

"저기 손님! 술은 뭘로 하시겠습니까?"

무등산이 최대한 친절하게 말했다.

특이하게도 이 손님들은 나이트클럽에서 술이 아니라 고기를 뜯고 있었다.

"술은 됐고. 고기만 먹어서 그런지 목이 좀 빡빡하네. 냉면이나 몇 그릇 가져와. 물냉 곱빼기로!"

"아까는 암소갈비를 시키셨는데 이번에는 물냉면입니까?"

"웅! 물냉 안 되면 비냉이라도 좋아. 많이많이! 양을 특히 강조해!"

"예에! 손님."

다시 무등산이 공손하게 대답하며 허리를 접었고.

빠지직!

돌아서는 무등산의 눈에서 살기가 튀었다.

"싸가지 없는 년 보소! 암소갈비에 이어 물냉면?! 호남제일의 캔 나이트에 와서! 이거 분명히 된장녀, 진상년 맞지?"

무등산이 손가락을 꺾으며 잇새로 되뇌었다.

"저 공룡만 한 덩치가 걸리는데 어쩔 수 없지, 일단 진상 처리로 간다."

무등산이 휴대폰을 누르며 진상 처리로 갈 때,

이 사람도 아까부터 진상 처리를 하고 싶었다.

무대에서 자신의 빅히트곡인 〈지난날〉을 열심히 부르던

원숭이 오빠, 가수 원일이었다.

그동안 천 번도 넘게 부른 〈지난날〉이 오늘따라 자꾸 삑싸리가 났다.

노란 털모자에 선글라스를 쓴 고삐리로 추측되는 볼펜만한 계집애가 무대 앞에서 턱을 괸 채 뚫어져라 쳐다보는 것이 그 이유였다.

빠순이로서 흠모를 해 바라보는 눈빛이 결코 아니었다.

조금 떴다고 해서 지켜봤는데 별거 아니네.

개시키가 노래 되게 못해!

선글라스를 써서 헛갈리긴 했지만 분명히 계집애는 이렇게 말했다.

'재수없는 년! 꼭 심사위원 앞에서 노래를 부르는 기분이네. 〈우스타〉에 출연했을 때… 〈우스타〉?!'

이런 생각을 하며 〈지난날〉을 부르던 원일의 눈이 커졌다.

"야아아! 김 회장—"

원일이 노래를 부르다 말고 털모자 아가씨를 쳐다보며 빽소리를 질렀다.

"에헤헤헤헤!"

털모자 아가씨가 맹한 웃음을 터뜨리며 손을 흔들었다.

채나였다.

"……!"

일순, 홀에서 열심히 몸을 흔들어 대던 '클러버'들이 동작을 멈추며 눈을 동그랗게 떴다.

"아이고! 죄송함다, 죄송함다! 제가 아주 좋아하는 친구가 놀러와서요. 죄송합니다. 페널티로 두 곡 더 불러드리겠습니다."

"하하하! 깔깔깔."

원일이 허리를 숙이며 사과를 하자 여기저기서 웃음이 터졌다.

그렇게 보고 싶던 얼굴이 그렇게 기다렸던 그날이—

다시 원일이 마이크를 든 채 활짝 웃으며 신나게 노래를 불렀다.

채나에게 반갑게 손을 흔들면서.

"아써, 아써! 무대 마무리 잘하고 내려와."

채나가 활짝 웃으며 무대 위의 원일을 향해 마주 손을 흔들었다.

올해 우리나라 남자 가수 중에서 가장 잘나가는 사람이 바로 원일이었다.

〈우스타〉를 명퇴하고 〈KK팝〉에 멘토로 출연하는 덕에 작년 몸값에 0이 하나 더 붙었다. 아니, 어느 행사에서는 0을 두 개나 더 붙여줬다.

미국, 캐나다, 일본 등 해외에서도 초청을 해대는 통에 몸이 열 개라도 부족했다.

아무리 바빠도 원일은 〈KK팝〉 녹화에 참여해야 했기에 일주일에 한 번은 꼭 채나를 만났다.

이렇게 나이트클럽에서 만나기는 처음이었고.

'자식이 무슨 바람이 불어 여기까지 왔지?'

'미국 대통령보다 바쁘다는 저놈이 왔다는 것은 광주에 그만큼 중요한 일이 있다는 뜻인데?'

원일이 채나를 바라보며 이런 생각을 할 때, 무등산과 함께 검은 양복을 걸친 덩치 세 명이 채나 테이블 쪽으로 성큼성큼 다가왔다.

하나같이 험악한 인상과 덩치로 미뤄 술 먹고 꼬장을 부리거나 술값 가지고 진상을 떠는 양아치들을 담당하는 전문 해결사처럼 보였다.

"저기 18번 테이블이냐?"

어깨 넓이와 키가 똑같은 네모가 물었다.

"예! 형님."

"씨발! 경기가 더럽긴 더러운 모양이네. 지집애들까지 진상을 펴?"

네모가 채나가 앉아 있는 테이블에 다가가 폴더인사를 했다.

마지막으로 간을 보기 위해서였다.

"손님! 술은 뭘로 할까요?"

"술은 됐다니까… 어? 네모야!"

"……!"

"에헤헤헤! 내 변장술이 그렇게 괜찮았나? 날 못 알아보네."

"어이구, 채나… 아, 아니, 김 회장님!"

채나가 선글라스를 벗으며 깔깔대자 그때서야 네모가 채나를 알아봤다.

"……!"

동시에 옆에 있던 무등산의 입이 헤벌어졌다.

네모는 강동주 체육관에서 권투를 배워 경기체대에 진학을 했지만 폭행사건에 휘말려 중퇴를 했다.

군대를 제대한 후 빌빌대자 강 관장이 이 캔 나이트클럽에 취업을 시켰다.

채나보다 두 살이나 위였지만 채나 특유의 막가파 논리 덕에 친구가 됐다.

친구 간에는 나이를 따지지 않는다는 무 논리.

"기, 김 회장님이 여기까지 웬일이야?"

네모는 채나와 친구사이였지만 존대 말과 반말을 섞어서 사용했다.

그만큼 채나는 부담 가는 친구였다.

"진상 처리를 하러 왔어."

"진상 처리?"

"지, 진상 처리는 우리가 해야 하는데?!"

채나가 미소를 지으며 진상 처리라는 말을 뱉자 네모와 무등산 등의 머릿속이 복잡해졌다.

"아참! 인사들 드려. 이 클럽 오너이신 김채나 회장님이시다."

"이.클.럽.오.너.김.채.나.회.장.님?"

네모가 정중하게 채나를 소개했고.

무등산이 헛갈리는 머릿속을 정리하려는 듯 한마디씩 또박또박 따라했다.

잠시 후 무등산의 어지러웠던 퍼즐이 맞춰졌다.

캔 나이트클럽이 처음 문을 열 때부터 직원들 사이에 한 가지 소문이 나돌았다.

노봉호 사장은 바지 사장이고 실제 오너는 유명한 가수인 김채나라고!

그랬다.

이 인터내셔널 광주 호텔은 피대치 팀장이 분배받은 사문의 자금으로 사들인 업체였다.

피 팀장이 황송한 마음으로 호텔의 명의를 채나와 공동으로 하려다가 채나가 거절하자 골드랜드 카지노와 캔 나이트클럽의 지분을 넘겨줬다.

채나는 마지못해 받았고.

평소 친분이 있던 캔 프로 호남지사장인 노봉호와 박귀식에게 관리를 맡겼다.

"자자, 모두 앉아. 냉면이나 한 그릇씩 먹고 일해!"

채나가 특유의 까불대는 손짓으로 네모 등을 테이블에 앉혔다.

"무등산 아찌! 직원들 쪽수대로 냉면 시켜! 내가 쏠 테니까 걱정 말고."

"예에— 회장님!"

무등산이 시원하게 대답했다.

멋있다, 김채나!

대한민국에서 손꼽히는 호텔 나이트클럽에 와 냉면 시켜 먹는 거.

내가 쥔인데 꼭 술을 시켜야 돼?

냉면이고 짜장면이고, 내가 먹고 싶은 거 먹는 거지, 쉬발!

무등산이 낄낄대며 휴대폰을 눌렀다.

와장창!

바로 그때, 어디선가 유리창 깨지는 소리가 들렸다.

선문의 대종사인 채나의 귀에만 들리는 소리였다.

채나의 눈이 실처럼 가늘어졌다.

즉각 네모를 쳐다봤다.

네모가 뭔가 눈치를 챈 듯 힘차게 고개를 주억거렸다.

쓰윽!

채나가 몸을 일으켰다.

주르륵…….

깨진 유리가 엉겨 붙은 벽에서 물이 흘러내렸다.

팔뚝에 붕대를 감은 캔 프로 유승덕 전무가 살기를 띤 채 벌떡 일어나 있었고.

캔 프로 호남지사장인 노봉호 사장이 주먹에 맞아 꺼진 유난히 납작한 코로 거칠게 숨을 내쉬었다.

"개봉호… 이 씨발 놈아! 너 진짜 이 형 그만 볼래?"

강 관장이 양주잔에 얼음을 넣으며 정말 얼음처럼 차가운 음성을 뱉었다.

털썩!

노 사장이 먼저 자리에 주저앉았다.

뒤이어 유 전무가 얼굴의 물기를 닦으며 의자에 앉았다.

…….

무거운 침묵이 캔 나이트 사장실을 감싸며 실내에 퍼져 있는 자스민 향을 억눌렀다.

침묵이라기보다 살기였다.

강 관장이 캔 프로 관리과장인 신 과장과 허준모 감독을 좌우에 배석시킨 채 상석에 앉아 있었고, 좌우에는 유 전무와 노 사장, 박귀식 상무 등이 부하들을 대동한 채 자리를 잡고 있었다.

건넌 편에는 캔 프로 영남지사장인 황금탁 사장이 팔짱을 낀 채 연신 새우 눈을 깜빡였다.

캔 프로의 핵심 멤버들.

채나를 제외한 캔 프로의 주요 경영진들었다.

하지만 누가 봐도 조폭들이었다.

하나같이 체격이 건장했고 주먹이 큰 늙은 호박만 했다.

거의 다 강 관장처럼 스포츠 머리였고.

쉬쉬했지만 이미 아는 사람은 다 아는 사건.

채나의 스페셜 앨범 판권을 놓고 시비가 붙어 노 사장 부하가 유 전무를 칼로 찌른 엄청난 사건.

캔 프로의 기능을 올 스톱시켜 채나의 정규앨범 1집의 한국 내 선주문조차 받지 못하게 만든 그 사건을 해결하기 위해 강 관장이 고심참담 끝에 소집한 모임이었다.

퍼퍼퍽!

별안간 노 사장이 야구방망이를 든 채 벌떡 일어나 저편에서 무릎을 꿇고 앉아 있던

빡빡머리 사내를 개 패듯 두들겼다.

"다시 한 번 말해, 새꺄! 내가 너한테 연장을 쓰라고 시켰

어? 안 시켰어?"

"아… 안 시켰습니다… 유 전무님이 사장님께… 욕을 하기에 저도 모르게 그만……."

노 사장이 거칠게 물었고 빡빡이가 다 죽어가는 음성으로 대답했다.

"크크크, 개봉호! 너 지금 그 쇼를 나보고 믿으라고 지랄하는 거야?"

유 전무가 살기를 풀풀 날리며 잇새로 말했다.

"호로자식, 입질 보소이! 시방 누굴 보고 개봉호라고 하는겨?"

다시 노 사장이 튕기듯 유 전무를 덮쳤고.

"그래, 씨발 놈아, 쳐봐! 또 꼬마들 시켜서 날래미질 해봐, 새끼야!"

유 전무가 몸을 일으키며 냅다 머리를 디밀었다.

"어이구, 형님들!"

"노 사장님! 유 전무님! 제발 고정하세요."

신 과장과 허 감독이 번개처럼 두 사람 사이를 가로막았다.

유 전무는 플라이급 세계챔피언을 지냈고, 노 사장은 전 WBA 주니어 웰터급 세계챔프였다.

강 관장과 비슷한 연배인 이들은 권투계에서 먹어주는 스타플레이어 출신이었다.

전라도와 경상도가 고향인 두 사람은 젊은 시절부터 앙숙이었고!

"야! 개봉호 좆승덕이 니들 끝까지 이럴래?"

쨍그랑! 이번에는 강 관장이 양주잔을 패대기쳤다.

"아아, 말리지 마, 강 오빠! 아주 재미있는데 뭘!"

언제 들어왔는지 채나가 사장실 입구에 비스듬히 서 있었다.

"……!"

찰라, 상황극을 하는 연극배우들처럼 실내에 있던 모든 사람이 동작을 그대로 멈췄다.

"쉰내 나는 늙은이들이 지금 힘자랑하는 거야 뭐야? 빨랑 자리에 앉지 못해?"

기가 막히게도 채나가 마치 선생님이 꼬마들을 다루듯 소리쳤다. 그리고 이어지는 장면은 신기하다 못해 코믹하기까지 했다.

그렇게 살기등등하던 유 전무와 노 사장이 조용히 자리에 앉았던 것이다.

"방 부장!"

"예! 회장님."

채나가 의자에 탈싹 주저앉으며 외치자 방그래가 조심스럽게 방으로 들어왔다.

"계산 다 끝났어?"

"네에! 오늘까지 꼭 2,340만 장이 나갔습니다. 그중에서 1,000만 장을 빼고 나머지 1,340만 장의 수익금을 정산했습니다.

"수고했어."

방그래가 노트북과 휴대폰을 교대로 쳐다보며 주어 없는 대답을 했다.

채나가 방그래를 매니저로 스카우트한 가장 큰 이유가 바로 이 점이었다.

방그래는 어마어마한 덩치의 역도선수와는 전혀 어울리지 않게 최신 전자기기를 능숙하게 다뤘고 수치에 아주 밝았다.

단역배우 알바를 하면서 받은 일당을 휴대폰으로 꼼꼼하게 정리하는 모습이 채나의 마음을 샀다.

"전무 오빠! 캔 프로 본사 직원들이 모두 몇 명이야? 나하고 강 오빠까지 포함해서."

"54명……."

"캔 프로 호남 지사 직원들이 몇 명이지? 빈대 오빠까지 말야."

"22명!"

채나는 캔 프로 직원들 중에서 유일하게 노 사장의 별명을 불렀다.

빈대코도 귀찮아서 빈대로 줄여서.

"우리 영남지사는 25명이다. 나까지 포함해서!"

채나가 갑자기 캔 프로 직원들의 숫자를 조사했다.

"방 부장!"

"예! 회장님."

"수익의 반은 전무 오빠 계좌로 입금시켜. 사분의 일은 빈대 오빠 계좌로 입금시키고! 나머지는 황 오빠 계좌에 넣어 줘. 이 자리에서 당장!"

"지금 입금시켰습니다. 회장님!"

방그래가 재빨리 키보드를 누르며 씩씩하게 대답했다.

재미있게도 태산만 한 덩치의 방그래가 자그마한 노트북의 키보드를 조작하는 모습이 마치 코끼리가 비스킷을 먹는 것과 흡사했다.

"확인해 봐. 오빠들!"

"……!"

유 전무 등이 휴대폰 화면을 살폈고.

"돈 들어 왔지? 좋아! 그럼 이 자리에서 분명히 밝히고 넘어가자고."

채나가 뭔가 결심한 듯 머리를 쓸어 넘겼다.

"내 스페셜 앨범 1,000만 장 돌파 기념식장에서 내가 우리 캔 프로의 직원들이라고 말한 것은 호남지사나 영남지사 식구들까지 포함했던 말이야."

"봐, 씨발 놈아— 내 말이 맞잖아?! 김 회장은 분명히 그때 그렇게 말했어!"

채나의 말이 떨어지자마자 노 사장이 유 전무를 잡아먹을 듯 쏘아보며 소리쳤다.

"근데, 뭐 김 회장이 직원이라고 얘기한 건 본사 식구들이니까 호남지사나 영남지사 직원들에겐 돈을 나눠줄 수 없다고? 개시키가 열 받아서 정말!"

"······."

노 사장이 계속해서 길길이 뛰었고 유 전무가 묵묵부답으로 맞섰다.

유 전무는 지금도 영남지사나 호남지사의 식구들을 캔 프로 직원들이라고 생각하지 않았다.

어떻게 지방 대리점 식구가 본사 직원이냐구?

채나의 스페셜 앨범 판권 때문에 총판장들끼리 칼부림이 났다는 이 사건.

원인의 끝에는 채나의 넓은 오지랖이 있었다.

채나의 스페셜 앨범이 1,000만 장을 돌파하자 캔 프로의 전 직원들이 모여 축하 파티를 열었고, 그 자리에서 채나가 1,000만 이후부터 판매되는 앨범에서 나오는 모든 수익금은 그동안 고생한 캔 프로의 전 직원에게 나눠주겠다.

이렇게 선언했던 것이 화근이었다.

캔 프로 본사의 총책임자인 유 전무는 당연히 서울 광명 식구들만 얘기하는 줄 알았고 그 자리에 있던 호남, 영남지사장들은 자신들도 포함된 것으로 해석했다.

또, 채나의 스페셜 앨범이 1,000만 장 이후에 몇 장쯤 더 나갔으면 아무 문제가 없었다.

1,500만 장을 넘어 2,000만 장을 돌파하자 그 수익금이 억 단위가 넘게 되자 결국 싸움이 터졌던 것이다.

"결론을 낼게. 내가 약속했던 '김채나 스페셜 앨범 1,000만 장 이후의 판매수익금을 직원들에게 나눠주겠다고 했던 건'은 이것으로 끝내. 지금 그 돈을 정확히 분배해 줬으니까. 부하 직원들에게 주는 것은 알아서 해. 걍 오빠들이 몽땅 챙기든가 십 원짜리 하나까지 정확히 계산해서 주든가!"

"……."

"그리고 정규앨범 1집 한국 판권도 마무리 짓자고! 바닥에서 하는 대로 해. 제작비 빼고 수익금의 반은 나를 줘. 나머지는 오빠들이 먹고, 즉, 영남지사에서 앨범을 한 장 팔면 수익금의 반은 나를 주고 나머지 수익금은 황 오빠가 알아서 해. 물론 호남지사에서 한 장 팔면 그건 빈대 오빠가 알아서 하고! 본사에서 파는 것은 강 오빠랑 전무 오빠가 사이좋게 나눠 드시고. 끝!"

채나가 또다시 싸움이 나는 것을 방지하겠다는 듯 김채나 정규앨범 1집 한국 판권에 대해서 아주 세세하게 설명을 했다.

"흐흣! 정규앨범 1집 한국 판권도 우리한테 주는 거냐? 김 회장!"

노 사장이 유 전무와의 싸움에 이겨서 기분이 좋은 듯 웃음까지 흘리며 질문을 했다.

"대신 민광주 후보를 잘 보살펴줘!"

민광주 후보를 잘 보살펴 줘!

채나는 이 말을 하기 위해서 서울에서 전라남도 광주까지 달려왔다.

질색인 시시비비까지 가려줬고 막대한 수익이 예상되는 김채나 정규앨범 1집의 한국 판권까지 넘겨줬다.

"일단 호남 쪽은 안심해라. 내 모가지를 거마!"

"영남 지방은 유세가 아니라 관광 다닌다고 생각하면 돼."

"수도권에서야 누가 감히 민광주 의원을 건드리겠냐?"

노 사장 등이 늠름하게 맹세를 했다.

실은, 채나는 오래전에 요로를 통해 노 사장과 황 사장 등의 뒤를 살폈다.

이들은 호남과 영남의 토박이들로서 소위 지방 흥행업자들이었다.

당연히 지방 조폭들과도 밀착돼 있었고.

세상에서 제일 무서운 깡패가 깡촌의 논두렁 깡패라고 했다.

아무 생각 없이 그냥 찌르고 튀는!

채나는 이들을 통해서 민광주 후보에게 만에 하나 있을지 모르는 논두렁 깡패의 화를 막고자 했다.

"선금 질렀다? 민광주 후보 잘 부탁해, 오빠들!"

"걱정 말고 네 몸이나 조심해!"

"안심해라. 논두렁 깡패새끼들 다루는 데는 이골이 났다."

채나가 다시 다짐을 받았고 노 사장 등이 마음 놓으라는 듯 주먹을 흔들었다.

"고마워! 그리고 빈대 오빠… 양주병은 말야, 이렇게 깨는 거야."

돌연, 채나가 개구쟁이 미소를 띠며 시바스 리갈 양주병을 한 손으로 잡아갔다.

뻥!

양주병 마개가 그대로 터졌고.

뒤이어 채나가 양주병을 양손으로 슬쩍 비볐다.

빠지지직직!

양주병이 채나의 손안에서 으깨어지며 유리 가루가 됐다.

"뭐야? 빈대 오빠 목에 뭐가 묻었잖아."

채나가 마치 목에 묻은 티끌을 털어주듯 노 사장의 목을 쓱 훑었다.

"끄아아아아악!"

찰나, 노 사장이 목에서 피를 철철 흘리며 비명을 질렀다.

"빈대 오빠도 참! 웬 엄살이 그렇게 심해? 이 정도로는 죽지 않아."

"……?"

"궁금하지? 내가 좀 더 힘을 줘서 빈대 오빠 목을 쓸었으면 어떻게 됐을까?"

"헉!"

"댕강! 그대로 가는 거지 뭐."

"기, 김 회장 너……."

"어때? 빈대 오빠 딸보다 어린년한테 당하니까 기분 좋아?"

"……!"

채나가 친한 이웃집 오빠에게 얘기하듯 사근사근하게 말을 이어갔다.

내용은 말투와는 다르게 지독하게 살벌했다.

"그니까 빈대 오빠도 선배들한테 잘해. 전무 오빠가 연상이잖아? 전무 오빠가 좀 실수했다고 해서 그렇게 막 나가면 돼?"

채나가 점잖게 충고까지 했고

"그리고 칼은 아무나 쓰는 게 아냐. 봐봐! 이 대리석 탁자에 이 칼이 박힐까?"

과일 접시에 놓여 있던 과도를 가볍게 들었다.

"절대 박힐 리 없지. 어떻게 돌에 칼이 박혀? 근데 그건 상식이야."

픽!

채나가 과도를 내려치자 대리석 탁자를 관통한 채 자루만 남겨두고 깊숙이 박혔다.

"이렇게 박힐 때도 있어. 이 정도 능력이 돼야 칼을 쓰는 거야. 알았어?"

채나가 아까부터 무릎을 꿇은 채 고개를 숙이고 있던 빡빡이에게 다가갔다.

"권투선수 출신이 무슨 칼이야? 아무튼 날래미 휘두르느라고 수고했어. 악수!"

빡빡이가 자신도 모르게 손을 내밀었고.

"아아아악!"

오른손을 부여잡은 채 비명을 지르며 바닥을 때굴때굴 굴렀다.

"손목과 어깨 쪽에 힘줄 몇 개 끊었어. 한 삼 년쯤 왼손으로 밥을 먹여야 할 거야. 전무 오빠한테 칼침 놓은 벌이야. 아저씬 길거리에서라도 날 만나지 마. 그때는 왼손도 박살 낼 테니까!"

채나가 비릿한 미소를 흘렸다.

"가자, 방 부장!"

"예! 회장님."

채나가 방그래와 함께 언제 무슨 일이 있었냐는 듯 사장실 입구 쪽으로 총총히 걸어갔다.

"야야, 김 회장! 광주까지 왔는데 홍어찜이라도 먹고 가야지?"

강 관장이 얼른 채나를 쫓아갔다.

"바빠! 피 회장이 북쪽 손님들을 모시고 온대. 바이―"

채나가 정말 바람처럼 사라졌다.

바람, 돈, 사람 중에서 마지막 사람을 잡은 뒤.

북쪽 손님은 북한 최고지도자의 밀명을 받고 온 특사였다.

『그레이트 원』 8권에 계속…

FANATICISM HUNTER

광신사냥꾼

류승현 판타지 장편 소설

FANTASY FRONTIER SPIRIT

「블레이드 마스터」의 류승현 작가가 펼쳐내는
판타지의 새로운 신화!

마도대전을 승리로 이끈 유리언 대륙의 영웅,
최강의 아크 메이지 제온!

그러나 '세상의 섭리'에 아내와 아이를 빼앗기는데……

『광신사냥꾼』

만약 그것이 정말로 세상의 섭리라면,
그마저도 무너뜨리고 말리라!

복수를 위한 제온의 위대한 여정이 시작된다!

Book Publishing CHUNGEORAM

Sanctum
생텀

이영균 판타지 장편 소설

FUSION FANTASTIC STORY

취재 현장에서 맞닥뜨린 녹색 괴물.
그리고 무혁은 한 번 죽었다.

**죽음에서 깨어난 무혁에게 다가온 것은
숨겨졌던 이세계, 생텀의 존재였다!**

현대에 스며든 악신 투르칸의 잔인한 손길.
생텀에서 온 성녀 후보 로미와 도멜 남작을 도우며
무혁의 삶은 점차 비일상에 접어드는데……

**이계와의 통로는 과연 우연인 것인가?
생텀(Sanctum)의
진정한 의미를 찾아라!**

Book Publishing CHUNGEORAM

유행이아닌 자유추구
WWW.chungeoram.com

말년병장, 이등병되다!

에바트리체 장편 소설

FUSION FANTASTIC STORY

대한민국 남자라면 알고 있을 바로 그 이야기!

『말년병장, 이등병 되다!』

전역을 코앞에 둔 말년병장, 이도훈.
꼬장의 신이라 불리던 그가 갑자기 훈련병이 되었다?!

"…이런 X같은 곳이 나 있나!"

**전우애 넘치는 군인들의
좌충우돌 리얼 군대 이야기!**

Book Publishing CHUNGEORAM

유행이 아닌 자유추구 -
WWW.chungeoram.com

LORD

FANTASY FRONTIER SPIRIT

영주 레이샤드

한승현 판타지 장편소설

저주받은 영지 아베론의 영주 레이샤드.
**열다섯 번째 생일날,
정체불명의 열쇠가 그의 운명을 바꾸었다!**

『**영주 레이샤드**』

시험의 궁을 여는 자, 원하는 것을 얻으리니!
시련을 극복하고 새로운 땅의 주인이 되어라!

레이샤드의 일대기가 시작된다!

Book Publishing CHUNGEORAM

유행이 아닌 자유추구
WWW.chungeoram.com

말년병장, 이등병되다!

에바트리체 장편 소설

FUSION FANTASTIC STORY

대한민국 남자라면 알고 있을 바로 그 이야기!

『말년병장, 이등병 되다!』

전역을 코앞에 둔 말년병장, 이도훈.
꼬장의 신이라 불리던 그가 갑자기 훈련병이 되었다?!

"…이런 X같은 곳이 다 있나!"

전우애 넘치는 군인들의
좌충우돌 리얼 군대 이야기!

Book Publishing CHUNGEORAM

류헌이 아닌 자유추구 -
WWW.chungeoram.com